その花は、その花のように

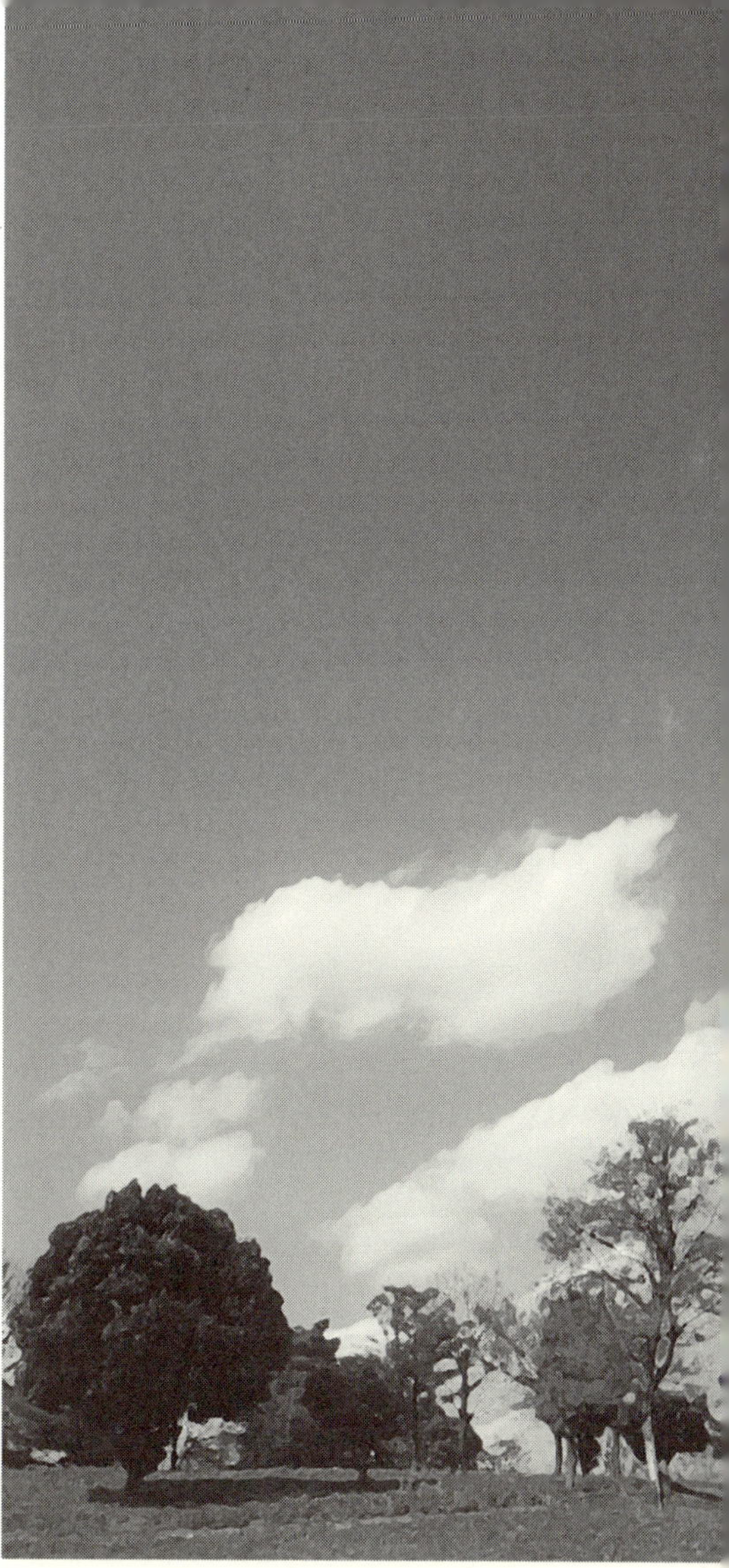

竹川新樹
Takekawa Araki

文芸社

目　次

野原薊

黄色く紅葉した林の向こうに、尖った教会の屋根が見える。夏の頃には緑一面だったこの広場も、今はもう、枯れかけた芝生と、セピア色に変化しつつある風景が広がっているだけである。そして、茜色に染まった夕空に木々の梢がもの悲しい。

河合朋子は、この風景の中、独りたたずんでいた。

緑濃い草原に蒲公英《たんぽぽ》、菫《すみれ》、烏野豌豆《からすのえんどう》と、色とりどりに顔をのぞかせて、心和むものがあった。枯れ草の多くなった今は、あざやかな赤紫色の野原薊《のはらあざみ》の花が咲き、あるかなしの風に揺れて、これも朋子の心を楽しませてくれる。

朋子は仕事の終わった後、よくこの広場に立ち寄った。

茜色に染まった空や、草原に咲いている野の花、秋風に揺れている薄《すすき》、凛として咲いている野原薊……。

朋子は、また訪れようといつも思う。

でも、冬のこの広場だけは、朋子は好きにはなれなかった。

尖った梢の上に、また尖った教会の屋根が見え、どんよりとした雲が立ち込めると、ドラキュラ伯爵の城を連想してしまう。ただ、雪の降った広場から見る教会は、一種の威厳に溢れていて、朋子の心を捉えてしまうことがある。雪がちらちら舞い降りてくる様は、えも言われぬ趣がある。


ある日、朋子は突然、声を掛けられた。

「お姉ちゃん。これ、きれいでしょう」

「えっ?」

「このお花。このお花、ママ、大好きなの」

話し掛けてきたのは、小学校一年生くらいの女の子だった。手には摘んだばかりと思える、野原薊の花が握られている。

「まあ、きれいね。ここで摘んだの?」

「うん。ママのお誕生日。お祝いの花なの」

女の子は摘んだ野原薊の花を、高々と掲げながら走り出した。

「あまり走ると危ないわよー。お母さんのお誕生日、おめでとうー!」

朋子は手を振って見送った。女の子は後ろも見ず、高く掲げた花を振って応えてくれた。

茜色に染まっていた空が、いつしか暮れなずんで、今までそこここで遊んでいた子どもたちの姿が見えなくなっていた。家々の灯りがちらちらしている。朋子はなんとなく身震いがして家路についた。

女の子に出会った日から二日後、朋子はまた広場を訪れた。

いつも訪れる時刻よりは少し早めなのか、太陽はまだ西の空にある。あちこちで子どもたちのはしゃぎまわる声がしている。今の子どもたちはどんな遊びをしているのか、朋子は興味があった。ベンチに腰を下ろして子どもたちの動きを眺めた。

そこへ、幌の取れた乳母車を押した初老の男が、水飲み場に寄ってきた。赤ちゃんでもいるのかと、朋子は幌のない乳母車を横目で見たが、自分の持ち物を全部積み込んでいるのか、中は荷物でいっぱいだ。幌のあったところには野原薊の花が一輪、小さな瓶に入って留めてある。こんな姿をしていても、きっと心優しい人なんだろうと、朋子の目には映った。朋子はこの初老の男がなぜか気になり、見続けることにした。

「あっ、おじさん、ここで水、飲まないでー、汚いよ」

一人の子どもが水を飲みに来たのか、その初老の男に言った。そして大きな声で仲間を呼ぶ。向こうでサッカーをしていたのか、呼び集められた五、六人の子どもたちは、水飲み場の周りに集まり、初老の男を取り巻いた。

初老の男はびっくりして手を止めた。そして子どもたちを見回した。「汚い」と言われたのが、自分なのだと気付いたようだ。その時、朋子は初老の男と視線が合ったように思えた。

「な、なんだね。私のことかね？」

子どもたちはちょっと身構えて、初老の男と対峙する形となった。

「おじさん、ここで水、飲まないでよ」

「どうしてだね？　どうしてここで水を飲んではいけないのかな？　ここはみんなの水飲み場だろう」

「うん。でもそしたら、ぼくたち、水飲めなくなるものー」

「私が汚いからかね？」

朋子は詰め寄っている子どもたちが心配になった。また同時に、この初老の男は子どもたちとどう決着をつけるつもりなのだろう、と気になって、他に関心があるようにしてそっと見守ることにした。

「私も水を飲みたいけれど、一番は、この野原薊の花に水をあげようと思ってね」

乳母車に付けていた、野原薊の花を指差した。

「君たち、この広場のあちらこちらに咲いている小さな花を、踏みつけて枯らしていないだろうね。もっと気を付けて遊ばないとだめだね。この野原薊の花も、きっとみんなの仲間が踏みつけて折ってしまったんだよ。おじさんが見付けてこの瓶に挿したんだ。それで水をあげようと思ってね」

初めの頃は、お互いに顔を見合わせていた子どもたちは、いつの間にか声もなく、じっと初老の男の話を聞いていた。

「さあ、もう日も暮れるぞ。早く家に帰らないとお母さんが心配するぞ」

初老の男は、ひとりひとりを慈しむように見やった。子どもたちはそれを聞くとはっ

として、一斉に走り出した。だがすぐに立ち止まり、口々に大きな声で、

「おじさん、さようならー」

と言って、また家に向かって走っていった。初老の男はにこにこと手を振って、

「さようならー。坊主たち、また明日、元気に遊びに来いよー」

と言い、子どもたちの姿が見えなくなると、野原薊の挿してある瓶に水を入れながら、朋子に話し掛けてきた。

「お嬢さん、心配でしたか？　私が子どもたちに怒鳴り散らすとでも思いましたか？それとも私が子どもたちに痛めつけられるのではないか、と。私たち大人が、きちんと物事を教えてあげれば、子どもたちも納得するものですよ。いい加減に対応したり、初めから居丈高《いたけだか》に接したりすれば、子どもたちにも意地があるから反発をするでしょう。――さあ、私も家に帰ろう。お嬢さんも気を付けてお帰りなさい」

夕焼けも消えて、辺りは暗くなり始めていた。

「野原薊の花言葉、知っていますか？　私、この花、とても好きなのです。今度お会いできたら、いろいろとお話を伺いたいです。失礼します」

朋子は頭を下げながら、そう挨拶をした。初老の男は静かに挨拶を返すと、乳母車を押して歩み出した。その後ろ姿を見送りながら朋子には、それが何か満ち足りた歩みに見えた。

（あの初老の男の人はどんな人なのだろう？）

見た目にはホームレスと呼ばれるのだろうが、子どもたちへの対応や野の花を愛する心からすると、以前はそれなりの人生を送っていたと思えた。

（もう一度会ってみたい。きっと豊かな経験を語ってくれるに違いない）

朋子は自分の琴線に触れるものを感じていた。

一片の桜の花びら

朋子の母、河合博子は病床に臥していたが、この頃、回復の兆しが見えてきていた。春も終わりに近付きつつある日の夕暮れ時、暮れそうで暮れないひと時、南側の窓をいっぱいに開け、眼下に広がる街の様子や新芽の息吹の見える広場を、なんとなく見下ろしていた。今まで外出することもなかった博子は、この窓に風によって運ばれてくる匂いで、季節を感じていた。

博子は早くに夫を亡くし、朋子を女手ひとつで育ててきた。自分と娘の二人の生活を支えるために、脇目も振らず我武者羅に仕事に励んできた。結果、会社から信頼を得ると、なお期待に応えようと、日夜を問わず仕事に打ち込んでいった。その反面、朋子に寂しい思いをさせているのではないかと自戒を含め、反省する夜も多かった。が、やはり仕事人間になっている自分を発見し、娘と仕事の間で悩み続けてきた。

そんな時、朋子が母のためにと、食卓に飾ってくれた一輪のカサブランカの花。仕事仕事で潤いを失くしていた博子の心が、一気に人間性に目覚める瞬間でもあった。

朋子もやっと社会人となり、ほっと気が抜けた途端、博子は体の不調を覚え始めた。

今まで病気らしい病気もなかったので、しばらくは病院にも行かず、寝たり起きたりを繰り返していたが、朋子や友人の心配もあって診察を受けた。医師の診断で心臓に多少の異常が見受けられるが、しばらく入院をして体を休めれば、心配するほどのことはないだろうとのことだった。そして、退院後も時々検診に来るようにとのことだ。仕事を辞めてしまったことも、気力を失った原因だったのだろう。退院後も床につ いていることが多くなっていった。

最近になって「病は気から」と気持ちを切り替え、時々、床を離れ、窓から外の景色を楽しむまでには気力が回復してきた。昨夜も朋子が、白いカサブランカの花を食卓に飾ってくれた。白いカサブランカの花言葉はなんだったろうかと、博子は何気なく考えていた。

沈みかけていた太陽の光が、部屋いっぱいに射し込んできた。カーテンが揺れ、風に乗ってきたのか、一枚の桜の花びらが博子の胸に舞い落ちてきた。

(ここのところ私は、春になっても喜びがなかった。このへんで朋子のためにも元気になって、あの子の幸せの行方を見ていかなくては……)

今まで失くしていた、生きようという意欲が、博子の心と体に漲ってきた。すると何か浮き立つようだ。まずは朋子のために食事の支度でもしておこうかとさえ思い、体を動かしてみたくなった。

　ベッドから起き上がった博子は、朋子が炊事する時につけるエプロンを手に取った。健康だった頃、朋子のために食事の支度をしていた自分が思い出された。

　キッチンに立ち、水道の栓を開けた。久しぶりの感覚に、身も心もきりっと引き締まってきた。これで明日から娘のために食事の用意をしてやれるという喜びがふつふつと心を満たしていった。

　玄関のドアの開く音がして、朋子が帰ってきた。

「ただいま。あら、お母さん、どうしたの？　起きていて大丈夫なの？」

「うん。朋子、私ね、病気が治ったみたい。さっき窓から、この桜の花びらが入ってきたの。この花びらが私に元気をくれたの」

　和紙に挟み込まれた桜の花びらを朋子に見せた。

「私の宝物よ」

「本当……でも無理をしない方がいいわ。——あら、私のエプロンをして、何をするつもりなの?」

「これから夕食を作ろうと思ったんだけど……何がどこにあるのかわからなくて、まごまごしていたのよ」

朋子は持っていたレジ袋を目の高さまで上げて、つんつんと指ではじいた。

「夕食の買い物をしてきたわ。お野菜とお豆腐、それに今夜はハンバーグを作ろうと思って、合い挽きのお肉を買ってきたの。お母さん、手伝って」

朋子はレジ袋から買ってきた野菜や肉を食卓の上に並べた。朋子の子どもの頃に博子がやっていたことと同じことを、今、朋子がやっている。博子はぐっとくるものを感じながら、洗い場の前に立ち、そっと涙を拭った。

母と娘の共同作業で、料理はすぐにでき上がった。その成果を並べる。少し不恰好なハンバーグと野菜サラダ、それに若布と豆腐の味噌汁——。

「さあ、お母さん、できたわ」

「久しぶりに腕を振るったわ。腕が落ちていないといいのだけれどね」

「さあ、いただきましょうよ。お母さん、疲れたでしょう。そうだ。ねえ、お母さん、ワイン、少し飲みましょうよ。しばらく飲んでいないでしょう。味、忘れてしまったでしょう」

「ワインの味なんて、すっかり忘れているわ。仕事を辞めると決めた時に飲んだのが最後だから……もう何年になるかしらね」

朋子は飾り棚からグラスを二個持ってきた。

「お母さん、これ、ボヘミアングラスなの。いつかこんなことでもあったらいいなと、デパートで見掛けた時、衝動買いをしてしまったの。すばらしいグラスでしょう」

ボヘミアングラスに注がれた赤ワインが、部屋の灯りとグラスのカットによって、きらきらときらめいている。

「お母さんの健康に乾杯。これから、今までの分と未来の分、幸せになってください」

「ありがとう。朋子も幸せになってね」

母と娘は、お互いの幸福を願って乾杯をした。

博子は心の変化を娘に伝えるべく、しんみりと朋子に語り出した。

「今日も窓を開けて、街の様子やあの公園を眺めていたの。そしたら街の匂いと一緒に、あの広場の草の匂いがなんとなくしてきたわ。おや、と思って目を凝らした瞬間、風に乗って桜の花びらが一片、窓から舞い込んできたの。そして私の胸に止まったわ。『元気になりなさい。いつまで床に臥せっている場合ではない』。そう言っている気がしたわ。今までこんなふうに感じたことがなかったように思う。私の体が回復してきた兆しなんだと、思い切って起きてみたの。そうしたら、体の痛みもなく起き上がることができた。起きてみると、今までのことが嘘のように体も軽く、気力も湧いてきたのよ」

「そう、よかった。お母さん、もう大丈夫ね。でも、頑張り過ぎないようにね」

博子は日頃から覚書をしておくノートに、桜の花びらを挟み込んだ。

「この桜の花びらは私の記念。大切な宝物だわ。春の香りだけでなく、私に元気になりなさいと、エールをくれたの。それに、いつも朋子が生けてくれたカサブランカの花にも、勇気付けられていたのよ。ありがとう」

「さあ、お母さん、呑みましょう。新しい出発よ。病気なんて飛んで行けー」

「おいしいわ。ところで朋子はいつから、アルコールを飲み出したのかしら」

「あら、私だってもう大人よ。お友だちと食事をすることだってあるわ」

「ねえ、朋子。桜の花言葉ってどんなだったかしら？　知っていたら教えて。……ああ、気持ちがいいわ。少し酔ったみたい。私、もう休むわ。――朋子、明日の朝は私が食事の支度をするからね。少しゆっくりしていなさい」

「お母さん、無理をしなくてもいいわよ」

博子は少し足をもたつかせながら、椅子から立ち上がり自室へ歩いていった。

朋子も気分よく呑んだ。さほど呑んではいないのだが、体を動かすのが億劫に感じた。

食事の後片付けをなんとか済ませると、母に言われた花言葉を調べてみようと書棚に行きかけた時、玄関の方でコトリと音がした。朋子親子の住んでいるこのマンションは、マンションへの出入りが管理されていないので、誰でもが各家の玄関まで来ることができるのだ。

明子は玄関まで行くと、玄関扉の郵便受けに、小冊子らしいものが入っているのが見えた。朋子は郵便受けから取り出し、ぱらぱらとその小冊子をめくってみた。小冊子は朋子たちの住んでいるマンション近くに、新たにマンションが建設されるというパンフレットだった。

建設予定地の住所を見て、朋子はため息をついた。公園町三丁目というのは、朋子たちの住んでいるマンションと、広場の見える公園との中間に位置していて、そのマンションが建つと、公園の広場が完全に見えなくなってしまう位置なのだ。

教会の見える林も、新築のマンションが目隠しになってしまう。

「やっと元気を取り戻したのに……お母さん、がっかりするだろうな」

不動産業者の置いていったパンフレットを食卓の上に置き、シャワーを浴びベッドに入った。枕元の灯りを点け、花言葉の本を開いた。栞の挟んであるところを開くと、そこに小さな紫の花が挟まれていた。菫の花だ。

「ああ、この菫の花も、あの広場で見付けたものだわ。さっきお母さんが桜の花言葉はなんだったろうと言っていたけれど、菫の花言葉は……」

本をめくりながら、いろいろと考えているうちに、眠気がさしてきて、読書どころではなくなってきた。そしていつしか眠っていた。

部屋の中が白んできて、カーテンの隙間から陽が射し込んでいる。朝が来た。朋子は自然に目覚めたが、もう少しベッドの中にいようかと目を閉じた。

いつも静かな河合家の朝なのに、今朝はいつもと様子が違う。台所の方から食器の触れ合う、微かな音が聞こえる。

「あれ？」

ベッドから抜け出し、台所へ行ってみると母の博子が、朋子のエプロンをつけて朝食の支度をしている。博子は起き出してきた朋子を見て、

「おはよう。朋子、朝はパンでよかったのよね。スープは何にしようか？」

「おはよう。お母さん、張り切っているわね。でも残念、今日は日曜日だよ」

「あら、そうだったの。すっかり曜日の感覚もなくなってしまったのね。でも作っちゃったから早いけど、ハムエッグと野菜サラダ、食べよう。パンはどうする？　トーストにするんでしょう。コーヒーも入っているわよ」

朋子はパジャマ姿のまま、食卓の椅子に腰を下ろした。

「お母さん、体の具合はどうなの？　痛いところはない？　気分は……」

「病は気からよ。昨日までのことが嘘みたい。とても気分がいいわ。朋子、食事が済んだら、公園の広場に行ってみようか？　久しぶりに街の中を歩いてみたくなったのよ。あの広場に行って、草の匂いを胸一杯吸い込んでこよう」

「お母さん、本当に、元気になったみたいね」

「さあ、食事にしましょう。温かいものが冷めてしまうわ」

食卓に着いた。いつもひとりで朝食を済ませていたので、母娘で食卓を囲むのは、やはり楽しい。

「足慣らしに行ってみようか、お母さん。桜は葉桜になってしまったけど、躑躅《つつじ》が蕾をつけてきた頃かもね」

「藤の花も花房が大きくなってきたろうね」

母と娘はそれぞれに初夏の広場を思い描き、食事をするとすぐに外出の支度を始めた。

玄関のチャイムが鳴った。

「はあーい」

朋子はインターホンの受話器を取った。「管理人ですが……」と聞こえてきた。

「あっ、おはようございます」

「ちょっと、お話があるのですが……」

「はい。今、ドアを開けますので、ちょっと、お待ちください」

ドアの前には、何枚かの紙を持った管理人が立っていた。

「おはようございます。日曜日の朝なのに、お騒がせして申し訳ありません。河合さん、昨夜、不動産業者が来たでしょう」

「ええ。近所に建設されるマンションのパンフレットを郵便受けに入れていきました」

「そのマンション建設に、私たち住民は反対しているんです。でも、相手の大和さんがなんやかんや言って、話にならないんです」

「大和さんって……あの駅前にあるホテルを経営している会社ですか?」

「そう。それに、地図で見るとこのマンションから離れているようだけれど、あんな高い建物が建ったら、隣に建てられたのと同じだからね。――ああ、お母様の容態はどうですか？」

「ありがとうございます。今朝は気分がよいと言って起きています」

「それはよかったですね。ところで急なことなんですが、お役所の人と大和ホテル側との話し合いがもたれることになったんです。詳しいことはここに書いてありますので、ぜひ出席してください。お願いしますね」

そう言って手に持っていた紙を朋子に渡した。そして帰りの挨拶もそこそこに、管理人はせかせかと去っていった。

朋子はドアを閉めてから、渡された紙に目をやった。そこには「不法建築」「風俗営業」「日照権」などの文字が列挙されている。

「朋子ー」

「管理人さんが、お知らせを持って来たの」

「急なお知らせでもあったの？」

「ええ。さあ、お母さん、公園に出掛けましょう。管理人さんの話は帰ってからしましょう」

博子と朋子は連れ立って家を出た。外は初夏の日差しが、背中から押してくれるようで、とても気持ちがよい。久しぶりの外出に、博子の歩みは止まりがちだ。少し歩いては立ち止まり、確認をするように辺りを見回し、何度も何度もうなずき、また歩き出した。

最近新築された家の前まで来て、

「あら、このお宅は立派な門構えの日本家屋ではなかったかしら？　玄関の前に梅の古木があって……春の初めになると白梅と紅梅が咲いて、花の香りが通りまで漂って、幸せな気分になったものよ」

「梅の蕾が膨らみ始めると、春なのだなあと思う。お母さん、紅梅は〈忠実〉、白梅は〈気品〉という花言葉があるのよ。知っていた？」

「そうね、一輪一輪が精巧で、春めいてきた光を受け輝くと、忠実や気品そのものよね。……でも、梅の木がどこにもないわ。どこにいったのかしら……」

「このお宅は、息子さんがお嫁さんを迎えるために、二世帯住宅に建て替えたのよ。その時にこの梅の木をどうしようかと、親族も集まって相談をしたようだけれど……。結局、あの梅の古木はどこへいったのかな……」

「そうなの……私が家に閉じこもっている間に、街の様子はどんどん変わっていっているのね」

博子は、しみじみと辺りを見回した。そしてまた歩き出した。少し歩いて立ち止まった。

「このお宅は……躑躅の庭。まあ、蕾も膨らんで開花の時を待っているのね。楽しみね。手入れも大変でしょうね。——私はこの街が好きだわ。緑の匂いと花の香りに満ちている街。これ以上、街の姿が変わらないでほしいわね」

目指している公園に着いた。日曜日とあって人々が多く見られる。水飲み場事件の子どもたちも遊びに来ているか、少し気になった。

「近頃、この公園にも、ホームレスと呼ばれる人たちが林の中に住み着いていて、いろいろとトラブルがあるみたい」

「そうなの。でもそんな人たちの中にも、どうしてもこのような生活をしなくてはならない、やむにやまれない事情の人たちだっているわけでしょう。みんながみんな、働かない怠け者だとは言えないと思うわ。ここの生活から抜け出そうと努力している人だって、大勢いるはずよ」

「そうね、私もそんな人を知っているわ」

明子は母の話を聞きながら、前方の小道を見ると、野原薊の花を摘んでいた女の子と一緒に散歩している女性に気付いた。その女性は博子を見ているようだ。そしてだんだんに近付いてくると、

「河合さん？　河合さん！」

博子の前まで来ると驚いたような声で話し掛けてきた。

「お久しぶりです。ずいぶんお会いしなかったけど……私、誰だかわかる？」

博子は話し掛けられたことにびっくりしたが、すぐに思い出したようだ。

「あっ、よっこ、よっこよね。西川陽子さんでしょう」

「そうよ、ひいちゃん。陽子よ。どうしたの？　会社を辞めたと思ったら、急に姿が見えなくなったのだもの、心配したのよ」

二人はすぐに旧知の間柄を取り戻したように、手を取り合って近くのベンチに腰を下ろした。

「あれからすぐ体調を崩して、病院に入ったのよ。重症ではなかったから、一ヶ月ぐらい入院して……退院してからは家を出るのが億劫になって……今日、やっと外へ出てみようかという気持ちが起きて、娘と出掛けてきたところなの」

「そう、元気になってよかったわ。連絡も取れなかったもので、お見舞いもできなかったわ。——私も、今日は日曜日だから、孫の千恵子と散歩に来たところなの。ご一緒しましょう」

「ええ、うれしいわ。あっ、娘の朋子です。子どもの頃、会っているかな」

「朋子です。おばさま、お久しぶりです」

広場を走り回っていた千恵子が、いつのまにか陽子の傍に来て、手を握っている。

「おばちゃん、お姉ちゃん、千恵ちゃんです。おはようございます」

千恵子は、博子と朋子にきちんと挨拶をした。その様子を目を細めて見ていた陽子が、

「千恵ちゃん、きちんとご挨拶できたわね、えらいわ。——娘夫婦の子どもなの。幼稚園の年長さんなのよ」

と、誇らしげに陽子が言った。

「千恵ちゃん、おばばは河合のおばさまとお話がしたいから、朋子お姉ちゃんに遊んでもらったら？　朋子さん、お願いしてよろしいかしら？」

朋子は、千恵子が野原薊の女の子だとわかって話をしたかったので、快く引き受けた。

「千恵ちゃん、あっちのお花畑を見ようか」

千恵子は、朋子の手を引っ張るようにして走り出した。手入れの行き届いたバラ園が朋子と千恵子を迎えた。色とりどりの大輪のバラの花からよい香りがしてくる。

「ねえ、千恵ちゃん。薊の花のことを覚えている？」

千恵子は、下から朋子を見上げて、

「ママにあげたのー、薊の花ー」

「そう。お母さんの好きな花なのね。棘があるから気を付けないとケガをすることがあるけど、かわいらしいお花よね」

「千恵ちゃんね、赤いカーネーションをママに贈るんだ。おばあちゃんにはピンクのカーネーション」

千恵子は子どもらしく、もう薊の花には興味がなくなっていた。

「そうね、今度の日曜日は〈母の日〉だね。私もお母さんに赤いカーネーションを贈るわ」

マリア様の涙の落ちた跡に咲いたと言われているカーネーション。〈哀れな心〉という花言葉を朋子はどこかで聞いたことがある。でも、どうしてこの花が〈母の日〉の花になったのか。それは一九〇七年、アメリカのアンナ・ジャービスが母の命日にこの花を贈ったことからと言われ、のちに〈母の日〉が提唱され、カーネーションがシンボルになったようだ。〈母への愛〉としての赤いカーネーションが。

「おばあちゃんにだって赤いカーネーションでいいんじゃないの？」

千恵子はちょっと考え、

「でも、お母さんはママだもの」

「そうね……お母さんはお母さんね」

「うん」

千恵子は何を今さらというように返事をした。

「このバラの花、きれいだね。千恵ちゃんはどの色が好き？」

「千恵ちゃんはね、ピンク色！　――ねえ、ピンク色のバラの花言葉、知ってる？」

「千恵ちゃん、花言葉なんてこと、もう知っているんだ」

「幼稚園のお友だちと話すもん」

千恵子はバラ園の中に入っていった。好きだと言ったピンク色のバラに手を触れた途端、「痛い」と手を引っ込めた。

「菫が咲いてる。お姉ちゃん、採ってもいい」

「先に手を見せて。棘が刺さったんじゃない？　棘が入っていなければ……大丈夫だわ。――ああ、菫ね。本当はこのままの方がいいのだけれど……。お家に持って帰って鉢に植える？　それとも押し花を作る？　せっかく咲いているんだもの、大事にしてあげたいね」

朋子は以前の初老の男と少年たちのやりとりを思い出していた。

「う〜ん、じゃあいい。ここにおいて置く。——きれいに咲いてね」

千恵子はもう次の興味対象を見付けたようだ。

バラ園から少し離れた草原に、少し時期のずれた菜の花が今を盛りと咲いている。都会ではあまり見ることのなくなった紋白蝶がその周りを飛び回っている。

（菜の花の花言葉はなんだったかしら。陽光の中、春を呼ぶ春のシンボルの花。思い出したら千恵子ちゃんに教えてあげよう）

「お姉ちゃん、ここ、日陰になってしまうの？」

「まあ、何かお話を聞いているの？」

蝶を追いかけていた千恵子が、朋子の傍に来て突然そんなことを言った。

「大きい、高いマンションができるんだって。それで太陽が見えなくなるんだよー。お花は太陽の光がないとだめなの」

「そうね。お花は光と水と栄養がないと育たないの。それともう一つ大切なものがあるの。千恵ちゃん、わかる？」

「なあに？」

「それは、千恵ちゃんや私たち人間の優しさなの。お花をいじめたりすると、お花は咲かないのよ」

「うーん、よくわからない」

「そうね、難しかったね。でもすぐにわかるようになるわ。——さあ、おばあさまのところへ行きましょう」

博子と陽子は、疎遠になっていた間のことから、楽しかった思い出、二人の共通の友人のこと、と時を惜しむように話し続けていた。

「おばあちゃーん！」

千恵子の元気な声と走ってくる姿を見ると、陽子はベンチから立ち上がって、千恵子と朋子を迎えた。

「すっかり話し込んでしまったわ。ひいちゃん、楽しかったわ。朋子さん、千恵子のお守り、ありがとう。——また、お会いしましょうね。じゃあね」

「またね、よっこ」

博子と陽子はすっかり昔に戻ったように朋子には見えて、少しうらやましく思えた。

初夏に近づきつつある春の太陽はずいぶんと高くなっていたので、そろそろ家に帰らないと母の体が心配になった。そんな朋子の心配を知ってか知らずか、博子は言った。

「朋子、ちょっと寄り道をしていこうか」

博子は先に立って歩き出した。朝、通ってきた道とは違った通りを歩いていく。朋子は博子のしっかりとした足取りを見て、少し安心をした。

博子は、横町を曲がったある一軒の店の前で止まった。喫茶店だ。今時、喫茶店というのは珍しい。

(こんな古風な店で集客があるのかしら)

朋子は他人事ながら心配になった。そんなことを思ってしまう古色蒼然とした店構えなのだ。

博子は勝手知ったる様子で、ドアを力強く開けた。ドアに取り付けてあるベルが軽やかに鳴った。カウンターの中にいたマスターが、

「いらっしゃい」

と言って顔を上げ、

「おや、珍しい人がみえましたね。――何年ぶりになりますか？」

トレイにグラスを載せて、カウンターから出てきた。博子は笑顔で、

「お久しぶりです。あなたもお店も健在で何よりです」

マスターは窓際のテーブルに、博子と朋子を誘った。

「とにかくどうぞ。――どうしていらっしゃったのですか？」

テーブルにグラスを置いた。

「私たち、カウンターでいいわ」

博子は、テーブルの上のグラスを持って、カウンターの奥の方の席に腰を下ろした。

そして、店の中を見回した。朋子も博子の隣へ腰を下ろした。

「本当に懐かしいわ。何も変わっていない。——マスター、この子、私の娘で朋子。よろしく」

朋子は黙って頭を下げた。

「ご贔屓に」

マスターは笑顔で挨拶をした。

マスターは、博子からのオーダーも聞かず、サイフォンでコーヒーを淹れて、二人の前に並べた。博子はゆっくりとカップを取り上げて、香りを味わった。

「さすがマスター。私の好みを覚えていてくれたのね。ありがとう」

「どういたしまして」

カウンターに飾られた花瓶には、大輪の白いカサブランカが生けてある。

(カサブランカの花言葉はなんだろう?)

朋子の頭にふとよぎった。

よもやま話が一段落した時、博子は思い出したように話し出した。

「ねえ、マスター。今、公園で聞いてきた話なのだけれど、この近くに大きなマンションが建つんですって？」

「そうなんです。この建物の裏側になるんですが。ご近所の方々が建設に反対で、どうなることやら」

マスターは他に客がいないので、高層マンション建設の話をそのまま続けた。

「お母さん。朝、管理人が見えたのはその話だったの。お知らせを持っていらっしゃって、建設反対の集会に参加してくださいと言ってきたの」

「街の様子が変わっていくのは、私も反対だけど……どうして反対なの？　さっき、よっこも反対だと言っていたけれど。そのマンションが建つと、どうなっていくのかしら、マスター」

「ここには公園もあるし、小学校もあるんですよ。それにこの辺りは風致地区の規定で、ホテル建設はできないんですよ。それなのに、駅前の大和ホテルが三丁目の公園近くに建設するというんです」

マスターも、客たちの噂話にはあからさまに自分の気持ちを訴えなかったが、博子には建設は反対だと言った。

朋子は、お知らせの内容を詳しく母に伝えた。

「それには、不法建築だとか日照権がどうだとか書かれていて、役所と大和ホテルがみえて、話し合いをするのだと書いてあったわ。それにお母さん、このマンションが建ってしまうと、私たちの家の窓から、公園の広場や教会の屋根も見えなくなる。窓を開けると、新しいマンションの窓だけが見えるようになるって……」

「よくわからないんだけど……できるのは、マンションなの？　ホテルなの？　――三丁目だから、私の家から遠いのかと思ったけど、近いところなのね。――ああ、なんだか急に疲れてきたわ。朋子、帰りましょう。マスター、またね」

博子は朋子をうながし、支払いを済ませ、マスターに送られて店を出た。足元が少しもつれているようだ。やはり疲れているのだ。まだ、体力がついていない。朋子は、母がまた寝込んでしまわないかと、不安な気持ちで家に帰った。

「お母さん、遅くなったけどお昼にしない？　お蕎麦でも茹でようか？」

「いいわ。張り切り過ぎて疲れたわ。少し横になろうかしら」

「それがいいわ。太陽にも風にもあたって、気晴らしにはなったでしょうけれど……」

博子はベッドに入る前、公園の見える窓に立って、しばらく広場を眺めた。

朋子は、そんな母が眠りについたのを見てから、午後三時から予定されている「マンションの建設について」の反対集会に出席した。

会場の〈町会ふれあい館〉に行ってみると、およそ百人ほどの出席者で埋まり、大和ホテルの責任者が説明をしていた。

「……ということで、ここ、豊かな緑が薫る、趣のある街角に、私ども大和ホテルは、新しいネーミングで住環境を造ろうと考えました。以上、宅地建物取引業法第三十五条に基づきご説明申し上げました。なお、詳細は建物概要説明書をごらんください」

朋子は少し遅れたようだ。前半の説明を聞くことができなかった。大和ホテルが住居としてマンションを建設するということだ。たぶん説明の限りでは問題はないように思える。会場が騒然としてきた。その中から手が挙がった。

「議長、質問があります」

「はい、どうぞ。よろしかったら、お名前からお願いします」

「はい、三丁目の高橋です。今の説明はよくわかりました。でも、なぜ、二十三階もの、こんなに高いマンションを建てるのですか？　緑の美しい街をつぶして建てる必要なんてないだろうが！　こんな高い建物ができたら、俺たちの公園はどうなるんだよ。本当に悲しいよー」

大和の責任者は、小声で役所の人と相談し、

「私どもは、街の発展を願って、建設しようとしているのです」

と、もっともらしい回答を返してきた。

「役所はどう思っているんだよ！」

怒りの質問が役所に向けられた。

「はい。役所としましては、提出されました書類を見まして、妥当と判断いたしました。それで、建設の許可をしたわけで……」

「どうして、これが妥当なんだよ」

別の男が立ち上がりざまに言った。

「この図面をよく見ろよ！　どう見たって住居用のマンションではないじゃないか。不法建築だろうが！　もっと検査を厳しくやれよ」

会場の人たち全員が総立ちになり、役所の係りの者や大和の責任者に詰め寄った。会場は騒然となり、収拾がつかなくなった。

朋子は大勢の人たちの怒声に我慢できなくなって、会場から出た。

太陽の傾き掛けた公園に寄ってみた。広場では、子どもたちがまだサッカーに興じていた。高層のマンションが建つと、今までのように、充分に陽が当たらず、この公園も変わってくるだろう。

公園の近くには有名な和菓子屋があった。母の好物のお饅頭を買って、家に急いだ。母はすでに起きていて、管理人の置いていったお知らせを読んでいた。

「お帰り。お茶にしようか」

「お母さんの好きなお饅頭を買ってきたわ」

博子は読んでいたお知らせをたたんで、朋子のためにお茶を入れてくれた。朋子はお饅頭を菓子皿に載せ、母の前に出した。

「マンション建設についての会に行ってきたわ」

「どんな話し合いになったの？　大和ホテル側も譲らないでしょうね」

朋子はその会で見たままを話し、途中で帰ってきたことを告げた。


数日が経過した。建設工事の音はしなかった。

朋子は昨日の話し合いの決着がどうついたのか気になって、建築工事の現場を見たくなった。少し遠回りをして、公園まで行ってみた。建設予定地には、工事延期の立て札が立ててあった。朋子は公園と建設予定地の辺りをひと巡りして家に帰った。

辺りは夏色に変化し始めていた。この頃になると母の博子はすっかり元気になって、近所の商店街まで買い物に出掛けるようになっていた。そして、食事の支度をして朋子を待っていてくれる。

「お帰り。お腹すいたでしょう。私もだんだん家事にも慣れてきたよ。朋子、八百屋さんで聞いたのだけど、大和が建設するマンションは、計画が見直されて、住居マンションとして認可されたそうよ」

朋子は闇の広がりつつある外をカーテンを開けて眺めた。博子も朋子の傍に来て外を眺めた。

「工事が始まると、毎日毎日、杭打ちで下から持ち上げられるようになるから、いらいらしてしまうかもね」

朋子は窓を閉めて、カーテンを引いた。

「お母さん、この窓からだんだんに、公園の緑が見えなくなっていくのね」

季節はいつの間にか夏になり、公園にも夏草が茂ってきた。噴水からの水しぶきと快い涼風が、夏の日差しを避けて公園に集まって来る人々の憩いになっていた。

七月も半ばを過ぎ、梅雨も明け、夕方になると、噴水の周りには紅白の白粉花《おしろいばな》が咲いている。なんとなくおずおずと開花した白粉花。白粉花の花言葉は「臆病」というのかも知れない。

遠くからお囃子《はやし》の音が聞こえてきた。祭り神輿のお囃子と子どもたちの掛け声だ。公園前のメインストリートを、町会の世話役たちの誘導で、前夜祭のイベントの子ども神輿が通るのだ。「わっしょい、わっしょい」とかわいらしい掛け声に、集まってきた観衆も声を出して迎えた。明日からの本祭りを楽しみにしていた。

夏を思わせる高い青空――。今日も朝から暑くなりそうだ。朝の太陽が家々の屋根を、公園の広場を、緑濃い梢越しの教会を照らし、さわやかな風が吹き抜けていく。

夏祭りは朝から盛り上がり、公園近くのお旅所《たびしょ》から、囃子の笛の音が聞こえてくる。朋子親子も朝から気分が高揚していた。

あの日以来、博子の体調はすっかり元に戻って、生活のパターンも変わってきた。

躑躅屋敷

地域の人たちから「躑躅屋敷」と呼ばれている家の庭で、植え込みの雑草を抜いて庭木の手入れをしている源田志津子に、近所の女子高生が朝の挨拶をして通り過ぎた。

「おはようございます」

「あっ、おはようございます。行っていらっしゃい」

女子高生の歩んで行く姿をしばらく手を休めて見送ったが、まだ寝ている政彦と浩志を起こさなくてはと、勝手口に向かった。

「政彦、浩志。起きなさい。遅れるわよ」


政彦が口にトーストをくわえて、玄関から出てきた。

「浩志、行くぞ。——お母さん、行ってきます。朝から祭りのお囃子が聞こえてくると、やっぱりうきうきするな。——浩志、先に行くぞ」

「行っていらっしゃい。浩志、お兄ちゃん、先に行っちゃうよ」

志津子は政彦に手を挙げて見送った。政彦はランドセルをカタカタ鳴らして、走って坂道を下って行った。遅れて浩志が玄関から出てきた。

「浩志、行っていらっしゃい。車に気を付けるのよ」

「お母さん、行ってきます」

「おじいちゃん、起きられた？」

「うん。ぼくたちと一緒にー。お母さん、お祭りに行こうね」

浩志も政彦の後を追って、坂道を下って行った。志津子はその後ろ姿を、しばらく見送ってから、掃除の道具を持って、勝手口へ入って行った。

屋敷の躑躅もすっかりと咲き終え、今では新しい梢の先に花芽ができている。躑躅も盛りの頃には、花言葉になっているような「情熱」を感じさせる咲きぶりの花だ。一方、「節制」という花言葉もある。万葉の昔から、人々の心に紅色の姿を印象付けている。

坂の下からは祭り囃子が聞こえてくる。

「お義父さん、お庭の掃除をしていて、食事の用意が遅れてしまって申し訳ありません。今日は、朝からお囃子が賑やかですよ」

「躑躅の手入れ、ご苦労様だね。夏は雑草も多くて大変だったろう。でも、来年も美しく大きい花を咲かせるよう、手入れが大切だからね」

「あらあら、政彦も浩志も食べ散らかしてー。お義父さん、すぐに食事の用意をしますからね」

「ゆっくりでいいよ。今日から天王様のお祭りだね。浩志はお神輿を担ぐのだと、はりきって学校へ出掛けていったよ」

家の中まで、囃子の太鼓の音が響いてくる。

朝食を済ませると、源田政一もこの太鼓の音に、家でじっとしておれず、町会のお旅所に出かけて行った。

お旅所には町会の長老や役員たちが集まって、祭りの運営を見守っていた。正午には神主さんが見え、祝詞が読み上げられ、神輿の出発となる。

浩志は学校から走って帰ってきた。すぐに法被《はっぴ》に鉢巻をし、足袋跣《たびはだし》になってお旅所に急いだ。

「あっ、おじいちゃん、もう来てたんだ。今年はお囃子の山車引きじゃなく、神輿を担ぐんだよ」

政一は頼もしくなった孫に目を細めて、

「浩志、神輿は重いぞ、つぶれるなよ。——政彦は担がないのかな」

政彦はそろそろ難しい年齢にさし掛かっているため、きっとはずかしいのだろう、と政一はもう一人の孫を思いやった。

「ぼくはね……」

「お前たちのお父さんもお祭りが好きだったなあ。もう三年にもなるか」

「本当？　お父さんもお祭り男だったんだ」

政一は浩志の言葉に苦笑いをして「そうだな」と心の中で呟いた。

「さあ、子ども神輿の出発だぞ。みんな頑張ってなー」

お囃子の山車を先頭に、町会世話役に連れられて、子ども神輿が通りへ出て行った。二十人ほどの子どもたちに担がれて、「わっいしょ、わっいしょ」とかわいらしい声を掛けながら、政一の前を通り過ぎて行く。法被に鉢巻をした浩志も交じっている。

以前は、この町会の神輿も威勢のいい若者たちによって担がれ、日暮れまで練り歩かれたのだ。その一団の中に、政彦と浩志の父、浩次がいた。ただ、浩次は神輿の担ぎ手ではなく、お囃子の笛の吹き手であった。浩次の笛は、神輿の担ぎ手からも評判だった。

博子は買い物や陽子と会う時など、よく「躑躅屋敷」の前を通った。そのため、志津子とも話をするまでになっていた。きっかけは、体調を維持するための公園までの散歩の時だ。「躑躅屋敷」の前を通りかかると、庭の掃除をしている志津子を見掛けた。博子から躑躅の垣根越しに志津子に声を掛けた。

「おはようございます。立派な躑躅ですね。花の盛りには真っ赤な花が燃えたつようで、心を奪われます。お手入れが大変でしょう」

「はあ、義父の自慢です」

「私、この近くに住んでいる河合と言います。毎朝、公園までの散歩で、この前を通るんですよ」

「そうですか、お元気なのですね。私は志津子と言います」

博子は、早く元の生活に戻ろうと、持ち前の明るさで友達を増やしていた。陽子とは公園やあのマスターのいる喫茶店で世間話をし、新しい情報を得ていた。

そんな世間話から「躑躅屋敷」は源田さんという方の家であるとか、お嫁さんは志津子さんといって横笛を吹いていることなども知った。確かに博子は何度か、「躑躅屋敷」の前で笛の音を聞いている。当主が趣味で吹いているのだろうと、あまり気にも留めていなかったが、女性だとわかると関心が膨らんでくる。

「時々、笛の音を耳にするのですが、奥さまが？」

「はい。お耳汚しでごめんなさい。私が奏しています」

「そうなのですか、すごいわ。ご家族の方も？」

「ええ。主人も奏しますが……」

「まあ。では、一緒に」

「いえ、主人は今、外国に行っています」

「あら、そうなの……もう長いのですか？」

「ええ、もう三年になります。そろそろ帰ってきてもらいたいのですが、こればかりは会社で決めることですから」

「帰ってこられたら、お二人で笛を奏するのですね」

「そういうこともあるでしょうね」

「それは素敵でしょうね。――朝のお仕事中、お邪魔いたしまして。では失礼します」

博子は志津子のさびしそうな様子が可哀想で、朝の散歩を理由に足早に去った。

デージーの恋占い

朋子は昼休みに、折原啓二と会社近くの公園にいた。

「少し話がしたいんだけど。――煙草いいかな?」

「どうぞ。でも、灰をここに捨てないでね。ここの野草たちが可哀想だから」

啓二は胸ポケットから煙草を出した。

「わかってます。携帯の灰落としを持っていますから。ここにはよく来るの?」

「家の近くの公園とよく似ているから。バラ園のバラを見たり、野草の中に咲いている小さな花を見付けたり、短い時間だけど楽しいことがたくさんあるの」

「そう……今日、会社帰り、いつものところで会える?」

度々朋子は啓二から誘いを受け、二人は交流を深めていた。それがいつしか恋愛感情となっていた。


定時になり退社した朋子は、啓二の待っている「いつものところ」へ急いだ。啓二との待ち合わせ場所は、朋子が家に帰るのにも都合がいいようにと、新宿のフルーツパーラーにしていた。朋子が店に着くと、もう啓二は来ていた。全席禁煙席のため、煙草の箱をくるくる回しながら無聊《ぶりょう》を慰めていた。柱の陰になり、他の客からはあまり見えないところに席を取っていた。

「お待たせしました。早かったのね」

朋子がテーブルに着くと、ウエーターがすぐオーダーを聞きに来た。

「レモンティーを……」

ウエーターが去ると、朋子は啓二に言った。

「急にどうしたの？　何かあったの？」

「朋子の家の近くにマンションが建つという話、どうなった？　君は不法建築だとか、風致地区だとか言っていたけれど。ちょうどいい機会だから、お母さんと一緒に僕のところに来たら……」

注文したレモンティーが運ばれてきた。啓二は砂糖ポットを引き寄せた。朋子は首を横に振って「いらない」意思を伝えた。

「どさくさに紛れて、プロポーズなの？　私はまだそこまでは考えていないわ」

「……ばれたか。でも、そろそろ考えてもいいのではないかな」

朋子はテーブルに飾られている花に目が留まった。マーガレットが一輪挿してある。一瞬、デージーかと思った。この花もデージーも「好き、嫌い」と恋占いをする時によく使われる花だ。

（マーガレットの花言葉は「恋占い」なのだろうか）

「その話は……もう少し待ってください」

「君はお母さんとの話になると、いつもそれなんだからなー。あっ、そうだ。話を本題に戻さなくては。マンションのことだけど」

「マンション、もう工事が始まっているの。でも、初めの計画と違って、街の人たちも妥協できるものになって、役所から再許可が出て、反対運動も下火になってきたの」

「街の人たちとの妥協というのは？」

「高層マンションではなく、階を低くしたの」

「では、お母さんの好きな広場も、教会の見える林も、君の家の窓から見えるんだ。よかったな。僕が気をもむこともなかったんだ」

啓二は残っていたコーヒーを一気に飲み干し、レシートを取り上げた。

「啓二さん、別の話なのだけれど、聞いてくれる」

立ち上がりかけた啓二は、座り直した。

「去年の秋の話なの。家の近くの公園で、一人の初老の男の人に会ったの。その人、水飲み場で、子どもたちとちょっと揉め事があって、私、考えさせられてしまったわ」

朋子はその時の経緯を、そして共感したことを話した。


夏が過ぎ、体力に自信の出てきた博子は、何年かぶりで旅行にでも行ってみようかと思うようになった。まずは足慣らしで国内旅行を、そして来年あたりは外国へと想いを馳せた。

さっそく朋子に相談した。朋子の都合に合わせ、親子で二泊三日の紅葉観光へ出掛けようということになった。相談の末、十和田湖と奥入瀬《おいらせ》渓流を経て十和田湖温泉郷に寄って、盛岡から東北新幹線で東京に帰ってくるという計画を立てた。

ところが、一日目、上野発の東北本線は無理だということが調べてわかった。昼間の時間帯であると直通列車が一本もないのだ。三泊三日にして、〈はくつる〉か、〈ゆうづる〉といった寝台特急で行くか、二泊三日のまま東京駅からの東北新幹線にするか――。行き帰り同じ路線を通るのは味気ないと思ったが、東北新幹線に乗って行くことにした。何年ぶりかの親子の旅で、朋子は心躍るものを感じた。

博子、朋子の親子は、十和田湖遊覧船に乗った。船室の座席に落ち着くと、船窓から湖畔の景色に見入った。この時期、紅葉には少し早いようだったが、あちこちの絶壁には、見事な紅葉になる兆しが見てとれる。ガイドの説明が流れてきた。

「この十和田湖は、東西十キロメートル、南北八キロメートルの四角形をしていて、面積が約六十平方キロメートルほどの二重カルデラ湖です。水深は三百二十七メートルあって、日本では第三位の深さでございます。中山半島、御倉半島が突き出ていて、すばらしい眺望になっております。湖畔には原生林が広がり、四季折々の美しさを見せてくれます。特に紅葉はすばらしいものでございます」

湖面には、色づき始めたもみじが美しく映えている。

朋子は、外の風に当たってくると母に告げ、船のデッキへ出てみた。船尾の手すりにもたれて、何となく啓二のことを考えていた。啓二から、まだ正式なプロポーズは受けていないが、朋子は啓二の気持ちを痛いほど感じていた。でも、朋子はその気持ちを受け入れられないでいた。

(いい人なのに……私はまだあんなことを気にしているのかしら……)

ひょんなことから、デージーで恋占いを友人としたことがある。花びらを一枚取っては「好き」、一枚とっては「嫌い」という、たわいのないものだったが、「嫌い」が残った。今もって朋子の心はそんなことを気に掛けているのかも知れない。

母も「私のことは心配はいらないよ。好きな人がいたらお嫁に行きなさい。それとも、親子でお嫁に行こうかね」などと、冗談に紛らわしているが、いつも気に掛けている。

(この旅行の間に、啓二さんとのこと、決着しなければ……)

約一時間の遊覧で、船は休屋《やすみや》へ戻った。

砂浜と松林が続く御前ヶ浜《ごぜんがはま》を散策していると、湖畔に高村光太郎最後の作品である、二体の乙女の裸婦像が、秋の日を浴びて白く光って立っている。十和田湖には欠かすことのできないシンボルである。

そして、木立の中の十和田神社を詣でた。この十和田神社は、坂上田村麻呂の創建と言われている。ふと見ると、境内の隅にある池の辺りに、一群のコスモスの花が秋風に揺れている。

親子は拝殿に歩み寄り、鈴を鳴らして手を合わせた。それから授与所まで行って、博子は「おより」とお札を受けた。「おより」というのはこよりを作る和紙のことで、願い事を書いてこよりをよって、占場《うらないば》である湖に落とし、そのこよりの状態によって願い事が叶うかを判断するのだ。親子は願い事を書くとこよりを作り、湖に落としてその行方を見守った。こよりは二本とも、水の中を真っ直ぐに沈んでいった。博子は安堵したように顔を上げた。そして、ほっとしたように顔を上げた朋子と目が合った。

その夜は「ねぶたの宿 休屋ホテル」で一泊。親子は、このホテルで催されている大広間での跳人《はねと》体験に参加した。これは「ねぶた」の前で、宿泊客が太鼓や笛に合わせて跳人になって楽しむのだ。そして、跳人認定書が発行されるので、青森を満喫できると人気があった。

親子は他の宿泊客と共に充分楽しみ、ほどよい疲れで部屋に戻った。部屋にはすでに布団がのべられていて、朋子は布団の上に長々と寝そべった。跳人のリズムが体に残っている気がした。そんな高揚感の中、少し眠くなってきた。

「朋子、ビールでも飲もうか」

博子は冷蔵庫からビールを出し、グラスを持って朋子を誘った。窓際のテーブルにグラスを並べ、冷えたビールを注いだ。窓の外には湖畔のホテルや旅館の灯が広がっている。朋子はグラスを持ち上げ、一息に飲み干した。

「ねえ、お母さん、私、お付き合いしている人がいるの。私の気持ちがはっきりしたら、その方をお母さんに紹介しようと思っているの。だけれど、私、自分の気持ちがわからないの……」

「そう、私もそうじゃないかと思っていたわ。いざとなると誰でもが、そんな不安な気持ちになるものらしいね。ところで、何がわからないの？」

「彼はとてもいい人なのに……折原啓二さんといって広告代理店に勤めている」

「朋子がいいと思う人だったら、間違いないんじゃないの。それに……その折原さんも困っているのではないの？」

「そうだと思う……」

「あまり迷っていないで、とにかく私に折原さんを紹介しなさい。そうすれば、自然と道が開けてくるよ」

(私はいまだに戯れにやったデージーの恋占いが気になっているのだろうか……)

朋子のいつにない真剣な様子に、博子はこれが乙女心なのだろうと、今は受け流すことにした。決心がつけば、朋子も彼を紹介してくれるだろうと、深追いせずに待つことにした。

「……そういえば、お母さん、啓二さんが子ノ口《ねのくち》の湖水まつりは賑やかだって、話してくれたことがあるの」

「折原さんって、東北の人なの？」

博子が計画した旅行ではあったが、朋子も母に、折原啓二のことを知ってもらいたいという心積もりがあっての旅だったのだろうか。

翌日も天候に恵まれた。ホテルの人から、奥入瀬渓流に行くなら、観光バスや定期バスに乗るという方法もあるが、三時間ほど歩くが渓流沿いを歩いて行かれたらどうかと、アドバイスされた。

博子親子は、子ノ口から森林浴を満喫した。朝の光が木々の間から、渓流の小道を歩く旅人を優しくつつんでいる。渓流のせせらぎもすがすがしく、旅の楽しみを増してくれているようだ。梢からもれてくる木洩れ陽が、紅葉を始めたもみじを、すかし模様のように際立たせている。そんな、きらきらと揺れている光の中、国道102号線を進んだ。

子ノ口から銚子大滝まで三十分。万両の流れを覗き、五両の滝を眺めて、寒沢《さむさわ》の流れまで来て一休みした。水しぶきを上げて落ちてくる銚子大滝、水量も豊富で真夏だったら、さぞ、涼気で気持ちのいいことだろう。この辺りの流れを寒沢の流れといって、岩と岩との間を流れてくる渓流が白く砕ける。この流れの端に佐藤春夫の詩碑が建っている。赤と緑のもみじの葉が風に揺れている。

ここまで歩いてくると、若い朋子はまだ元気だったが、博子はそうとうに疲れたようだ。それでも博子は、玉簾《たまだれ》の滝まで歩くと言った。ガイドブックで見ると、次のバス停まで四十五分とある。その行程には、九段の滝、姉妹の滝、双白髪《ともしらが》の滝、紅葉がみごとな不老の滝、白糸の滝、そして玉簾の滝、白絹の滝があり、近寄っては眺め、遠くから全望して、自然のすばらしさと同時に驚異を身近に感じた。

朋子は次々と現れる地球の神秘に、ただただ感激するばかりだった。

博子は次のバス停雲井林業まで歩いたが、ここが限界であった。大きく息をし、歩くのも大変になるようだった。母の荷物を持って後からついて行く朋子も、気が気ではなかった。こうなったら定期バスに乗るしかない。やはり三時間あまり歩くのは、博子には無理だったのかも知れない。

雲井林業のバス停で待っている間、朋子は近くの岸辺を歩いてみた。紅葉が進んできて、赤や黄の葉が目立ってきている中、真っ赤な椿の花が、朋子の目をひいた。流れの中にも真っ赤な椿の花が三つ四つ漂っていた。首からぽとりと花が落ちてしまうので、朋子は好きではなかったが、この渓流沿いに咲いている椿の花には、今までと異なった感情を持った。

しばらくして、ほぼ満席に近い定期バスが来た。しかし運よく、親子は並んだ座席が取れた。渓流を徒歩する人を残し、バスは次の雲井の滝を目指して走り出した。

車窓から天狗岩を眺め、双竜の滝、白布の滝を遠くに見て、白銀《しろがね》の流れにいたった。川の流れがその名の通り白銀を流したように照り輝き、神々しく見えた。次に見えてきた飛金《とびがね》の流れも、墨絵のようで、親子はバスの窓に顔をつけんばかりにして見とれた。阿修羅の流れに掛かると、ちょうどよく馬門橋《まかどばし》が架かっている。苔むした岩の間を流れる川が、時には阿修羅のように激しく渦を巻いたり、時には優しく淀んだように穏やかに流れる様を見ることができた。馬の背のような馬門岩を過ぎ、石ケ戸《いしげど》を経て、バスはおいらせ渓流観光センターのある焼山《やけやま》に着いた。

すっかり疲れてしまった博子と朋子は、十和田湖温泉郷の十和田Gホテルにチェックインした。ここまで来たのだから青森へ出て八甲田山にロープウェーで登って帰ろうかとも話したが、博子の疲労が思いのほか残っているようなので、八甲田山には登らず、青森から真っすぐに東京へ帰った。

紅葉前線が確実に南下してきていることが、新幹線の車窓から見られた。


秋も十一月末になると、公園の木々は冬支度を始め、風に乗って枯葉が一枚、また一枚と落ちていく。午後四時を過ぎると、すっかり暮色が深まり、広場で元気に動き回っていた子どもたちの姿も見えなくなっている。

朋子は、夕焼けに染まった教会と、針の先のように尖った木々の梢が見たくて、公園のバラ園に寄ってみた。だんだんに黒ずんでいく景色に不安を覚え帰ろうとした、その時、男の姿が朋子の視野に入った。

昨年よりも少し体力が落ちたように見受けられ、別人かなと思った。

(この一年、どのような生活を送ってこられたのだろう)

木枯らしも吹き始め、山の方では雪も何度か降っていた。また、夏の暑さはどう凌いでいたのだろうと、朋子は心が痛んできた。朋子は男に駆け寄った。男はびっくりして、近寄ってくる朋子に目を大きくして、身を引きながら迎えた。

「突然ごめんなさい。私のこと、覚えていらっしゃいますか?」

「ああ、覚えている。あの野原薊の時のお嬢さんだろう」

「覚えていてくださったのですね」

「いやがらずに、私の話を聞いてくれたね。嬉しかったよ。あの時の子どもたちは、今、どうしているだろうな」

「私、あの時、本当にびっくりしました。子どもたちの非礼にも怒らないで、静かに話してくださった。きっと腹立たしかったでしょう」

「道理のわかっていない者に怒っても、仕方がないよ。わかるように話してやればいいのだよ。お嬢さん、暗くなってきたよ、早くお帰り」

「私、朋子と言います。また、お話を伺いたいと思っています」

「私の話なんて、たいしたことないよ……またな」

男は乳母車を押して、木立の中に消えていった。朋子は男を見送り、帰途についた。

辺りはすっかりと夜の帳が下り、商店の灯りがまたたいている。

勿忘草

朝の家事を済ませた志津子は、久しぶりに篠笛を取り出した。姿勢を正し、腹式呼吸を何回か繰り返し、静かに歌口《うたぐち》を唇に当てた。一度調べが始まると、もう無我の境地である。ある時は高く、ある時は低く。流れる笛の音が辺りに響いた。

源田政一は居間で新聞を読んでいた。そして、志津子の笛の音に聴き入った。自然と海外にいる息子、浩次を思い出していた。

やがて、笛の音は止んで、志津子が居間に入ってきた。

「お義父さま、お耳障りだったでしょう」

「志津子さん、ありがとう。浩次はペルーでどうしているだろうと考えていたよ」

「私も、先日の天王様のお祭りで、お囃子の笛を聴いたら、浩次さんのことを、それに笛のことを思い出していました。——お義父さま、家のことに支障がない程度に、また笛のお稽古をしたいと思うようになりました。——森田先生のところへお稽古に伺ってもよろしいですか?」

「政彦も浩志も、もうそんなに志津子さんの手を煩わせないだろうから、お稽古に行きなさい。私はかまわないよ」

「ありがとうございます。――お義父さま、今朝、お義父さまが丹精して育てていらっしゃる躑躅を燃え立つようだと言ってくださる方がいました。お義母さまも躑躅が好きでしたが、お義母さまにとっては『節制』。河合さん……河合さんというのは今のお話の方ですけど……河合さんにとっては『情熱』なのでしょうね」

夕食の時に政彦と浩志に、また、笛のお稽古に行きたいと志津子が告げると、二人とも賛成してくれた。


先日、ペルーにいる浩次から手紙が届いた。電話やメールの発達している現在でも、志津子は夫からの手紙が好きだ。

浩次がペルーへ出発する日はくしくも夏祭りの日だった。朝から浩次の門出を祝ってくれるように、お囃子が流れていた。手荷物の中には浩次愛用の篠笛も入っている。夏祭りに心引かれながらも、未知の国への旅立ちに心弾むものがあった。

成田国際空港では、父の政一、妻の志津子、まだ幼い息子の政彦と浩志、それに東都旅行企画の課長と同僚数人が見送りに来ていた。

「お父さん、行っていらっしゃい。水が変わりますから、体に気を付けてくださいね。

それと、笛、忘れないでください」

「浩次、元気でな。正月には帰ってくるだろう?」

「お父さん、行っていらっしゃい」

「帰ってくる時、お土産を忘れないでよー」

「源田、頑張ってこいよ」

それぞれが、外国で仕事をする浩次に、その想いを伝えた。

「政彦、浩志、お父さんの乗る飛行機は、アメリカン航空のＡＡ154だぞ」

窓の外では、各国の旅客機がフライト前の整備をしていたり、滑走路を進んで行ったりし、子どもたちはガラスに顔をつけ、くいいるように見ている。浩次が乗る航空機は、ペルーへの直行便ではなく、アメリカのシカゴとマイアミを経由して、ペルーの首都リマまでの飛行になった。

「じゃあ、行ってくるよ。みんなも元気で」

浩次を乗せた飛行機は、ペルー時間の翌朝四時十分にリマの空港に到着した。日本時間では何時になるのだろうと思いながらも、さすがに疲れてホテルで仮眠をとり、その後ゆっくりと朝食をとった。そして日本時間を少し考え、ペルーに無事に着いたことを国際電話で志津子に連絡した。時差ボケがあるため、ホテルでゆっくりして、翌日、支社に出勤した。

浩次がペルーへ出立して一ヶ月が過ぎた頃、志津子の下に浩次からエア・メールが届いた。手紙は自分の現在の様子を知らせたもので、浩次の心情が溢れるものであった。

その封書の中に一枚の写真が入っていた。研修の一環でマチュピチュ遺跡に行った時に撮影したものだと書いてあり、マチュピチュの荒地に咲いていた青い花、勿忘草《わすれなぐさ》の写真だった。

美しい娘に花を摘もうとして川に落ちてしまった若い騎士が、その摘んだ花を娘に投げながら「私を忘れないでください」と言って、川にのみ込まれてしまったという、悲恋の物語がドイツに伝えられているそうだ。そして、そのまま花言葉になっている。

志津子はさっそく〈勿忘草〉を、フォトスタンドに入れて、居間のサイドボードの上に飾った。居間に集まった政一や子どもたちに、浩次が送ってきた写真を見せた。

「この写真は、お父さんが送ってくださったの。インカの人たちは、こんなに高い山の上に町を造ったのよ。下からは町が全然見えないのに山に登って行くと、突然、町が出現するの。〈空中都市〉と言われ、とても不思議なところなの。そこへお父さんは行かれ、この写真を撮って送ってくださったの。〈勿忘草〉という花。花言葉は『私を忘れないで』。お父さんらしいわね」

「きれいな花だね。公園の広場にも咲いているかな」

「どうかしら。マチュピチュというところは海抜が三千メートルから三千五百メートルもある高い山で、ここは気温も地質も違うから……」

政一は〈勿忘草〉の写真と志津子を見比べながらぽつりと言った。

「浩次らしいな」

源田家には、いつの頃からか伝えられていて、大切にされている〈篠笛〉が二管ある。五月になると、源田家の応接間には、目も鮮やかな菖蒲が飾られ、幟や兜といった端午の節句と一緒に、家宝ともいえるこの〈篠笛〉が二管お披露目される。

浩次は幼い頃から、この時飾られる〈篠笛〉と菖蒲に何か惹かれるものを感じていた。最初は、この〈篠笛〉は「どんな笛なのだろう」という単なる疑問だった。調べてみると、笛は能・狂言、夏祭りや里神楽などで奏され、さまざまな種類があり、浩次の耳に入ってくる音色は、どれも心地よかった。

源田家に伝えられている笛は〈篠笛〉らしいのだが、調べてみると横笛の一種で、その横笛も大きく三つに区分されるようだ。〈竜笛〉と呼ばれている雅楽で奏されるもの。能や狂言・歌舞伎に用いられる〈能管〉。お祭りの囃子で聴かれる〈篠笛〉――。

浩次は横笛のことがわかると、どんな歴史があるのか、また音色の違いはどうなのかと、次から次へと興味が湧いてきた。

源田家の篠笛は、手孔《てあな》の数が七孔と六孔の二管で、「頭《かしら》」「管尻《かんじり》」と呼ばれる部分に「巻《まき》」が施してある。資料によると「天地巻」というのだそうだ。

浩次は父が家を留守にしている時、応接間に飾られている篠笛の歌口にそっと息を入れてみた。初めのうちは「ふうふう」と息のもれる音が続いていたが、何かの拍子に思いがけなく澄んだ高い音が出た。えもいわれぬ音色に、浩次は心を失い、しばらく茫然としていた。我に返った浩次は、家人に見咎められぬうちに、笛を元に戻した。

政一の母、はるがまだ存命であった頃、雑誌の記者とカメラマンが、政一を訪ねてきた。

「雑誌社の方が、私どもに何のご用でしょうか？」

祖母のはるは、記者から渡された名刺を見ながら、記者の話を聞いている。

「今度、私どもの雑誌で、各界でご活躍しておられる方々の、愛蔵品を紹介させていただくコーナーを設けましたので、ぜひ、源田家、源田政一さんの取材をさせていただきたく、お伺いいたしました」

「それで？」

「源田家に伝えられているという笛を紹介させていただきたいと思いまして……」

「源田家は、まだ、私が健在です。政一にはまだ譲ってはおりません。——源田家に伝えられている、二管の笛を、ですか?」

「はい。世の中には私たちの知らない名品が、まだまだたくさんあると思います。文化財保護のためにも、ぜひ紹介させてください」

はるは静かに立ち上がり、部屋から出ていった。しばらくして、はるは黒漆の箱を持って戻ってきた。元の座に直ると、黒漆の箱から錦の袋に入った笛二管を取り出した。

記者の鹿取はカメラマンの島田に合図をして、カメラを構えさせた。鹿取は小型のカセット・テープのスイッチを入れた。カメラを構えた島田は、いろいろな角度から、二管の笛を写真に収めた。そして、政一に笛を構えさせて撮影をした。それを見ていた、はるは静かに語り出した。

「この笛は〈貴幸の笛〉〈慶福の笛〉という名の篠笛です。我が源田家に伝わる名笛です。伝えによりますと、醍醐天皇の孫にあたる源《みなもとの》博雅《ひろまさ》殿が、直衣《のうし》姿で月に見とれながら朱雀門の前まで歩いて参りました。眠るには惜しい月夜です。博雅殿は、懐から笛を取り出して奏し始めました。すると月はさらに冴え渡り、博雅殿の体をあますところなく照らしました。笛の調べは辺りに流れていきました」

はるの話に、誰もが引きこまれ、太陽が隠れたかのように急に部屋の中がひんやりとしてきた。

「その時です。博雅殿が調べを止められました。どこからか、笛の音が聞こえてきたのです。博雅殿と同じような直衣姿の若者が、笛を奏しながら博雅殿に歩み寄ってきました。博雅殿は魅せられたように、静かに笛を唇に当てられ、調べに和したのです。八日目の月が西に傾いてきました。——このようなことが月夜の晩に限って、いく夜もいく夜も続きました」

雲に隠れていた太陽が顔を出し、また、部屋の中が明るくなり、話を聞いていた記者もカメラマンも、そして政一も何かほっとした。はるは、また話し出した。

「ある月夜の晩、若者の笛の音色にたまらなくなった博雅殿は、若者に笛の交換を申し出たのです。若者は博雅殿の様子をじっと見ていましたが、おもむろに博雅殿の前に笛を差し出しました。どうしてこんなにすばらしい音色が出るのだろうと、博雅殿はすっかり心を奪われて、若者の名も所も知らぬまま、別れてしまいました。——その後、月夜になると朱雀門に出掛け、笛を奏したが二度と会うことはなかったのです。それでも博雅殿はあきらめきれず出掛けて行きました。——満月の晩、もう一度会いたいと、笛を奏しながら朱雀門まで来た時、門の前に一管の笛が置いてあるのに気が付きました。近寄って見ると、以前、博雅殿が使っていた笛でした」

「それが、鬼が造ったのではないか、と言われている笛なのですね。どちらが鬼が造ったと言われている笛なのでしょうね」

雑誌記者もカメラマンも、大変に興味を引かれたようだ。

「博雅殿の死後、どんな名手が心を込めて奏じようとしても、この二管の笛は鳴らなかったそうです」

はるの長い話が終わった。はるは、二管の笛を錦の袋に戻し、黒漆の箱に納めた。

「お話の笛がこれで……代々源田家に伝えられているのですね」

鹿取は記事の内容を豊かにするため、はるに質問をした。

「はい、義父から主人の政治が譲られた際、一緒にこの話を聞きました。そして、私が次の世代に譲っていきます。源田家に伝わる宝ですから」

「では、いずれ政一さんに譲られるわけですね」

はるは、鹿取の話を無視するように、黒漆の箱を持って立ち上がった。

「もう取材はお済みですね。来客がありますので、これで失礼いたします」

はるが客間から出て行くのを鹿取と島田は頭を下げて見送った。鹿取は政一に尋ねた。

「お母さまに、何か失礼を申し上げたでしょうか？」

政一は苦笑しながら答えた。

「母の言った通りです。まだ、私に譲られたものではありませんから」

政一の妻、由紀が、茶菓を用意して、客間に入ってきた。

「取材、ご苦労様でした。どうぞ、お茶を――。このお饅頭は、とても美味しいのですよ。この街の名物なんです。今度〈街の美味いもの〉の紹介でもあれば、一票入れますわ」

由紀は、政一の横に並んで座り、記者たちの相手をした。

郵 便 は が き

料金受取人払郵便

新宿局承認

5507

差出有効期間
平成27年 2 月
28日まで
（切手不要）

1 6 0 - 8 7 9 1

843

東京都新宿区新宿1－10－1

(株)文芸社

愛読者カード係 行

ふりがな お名前		明治 大正 昭和 平成	年生 歳
ふりがな ご住所	□□□-□□□□	性別 男・女	
お電話 番 号	（書籍ご注文の際に必要です）	ご職業	
E-mail			
ご購読雑誌(複数可)		ご購読新聞	新聞

最近読んでおもしろかった本や今後、とりあげてほしいテーマをお教えください。

ご自分の研究成果や経験、お考え等を出版してみたいというお気持ちはありますか。

ある　　ない　　内容・テーマ（　　　　）

現在完成した作品をお持ちですか。

ある　　ない　　ジャンル・原稿量（　　　　）

書　名				
お買上 書　店	都道 府県	市区 郡	書店名 ご購入日	書店 年　　月　　日

本書をどこでお知りになりましたか?
1.書店店頭　2.知人にすすめられて　3.インターネット(サイト名　　　　　　)
4.DMハガキ　5.広告、記事を見て(新聞、雑誌名　　　　　　)

上の質問に関連して、ご購入の決め手となったのは?
1.タイトル　2.著者　3.内容　4.カバーデザイン　5.帯
その他ご自由にお書きください。
(　　　　　　　　　　　　　　　　　　　　　　　　　　　　　　)

本書についてのご意見、ご感想をお聞かせください。
①内容について

②カバー、タイトル、帯について

この取材が雑誌に載ると、はるは自ら書店まで行って購入してきた。その誇りを満足させたようだ。

翌年、気丈だったはるも、天寿を全うして、あの二管の笛は政一に譲られた。

高校生になった浩次は、こっそりと蔵から笛を持ち出し、独自に笛の練習を始めた。そんなある日、折り悪く、父の政一に見つかってしまった。でも政一は強く浩次を叱らなかった。

「この二管の篠笛は、源田家の家宝なのだから、粗末にしてはいけないよ」

という注意だけだった。このことがきっかけで浩次は、今まで独学で吹いていた篠笛をきちんと習いたいと、政一に申し出た。

「浩次さん。今は大学生になることが先でしょう。私は反対ですよ」

母の由紀は賛成してくれなかったが、政一は浩次の決心の堅いことを認め、学業を疎かにしない約束で許してくれた。そして知人の伝をたよって〈森田流〉の入門を頼んでくれた。浩次はその時、自分の篠笛を手にした。

家族公認で、篠笛を奏することを許された浩次は、自分の部屋に入ると正座して、笛を奏し始めた。見様見真似で始めた頃は、音が出たり出なかったりで、出た音も濁っていた。師範に姿勢を正され、呼吸法が正しくなると、音色もはっきりしてきて、浩次が思い描いていた音色が出るようになった。

きっと時が経てば、興味もなくなるだろうと見ていた政一も、浩次の技量をだんだんに認めていった。

音が出るようになり、教則本が終了すると、浩次は祭りの囃し方の笛を担当してくれないかと頼まれた。父との約束通り、浪人もせずに現役で大学生になっていた。

浩次は、夜になると公園に出掛け、祭り囃子の練習をした。政一は、そんな浩次の笛の調べに、じっと耳を傾けるようになった。

「浩次も、いい音色が出るようになった。――ねえ、母さん、あの笛を少し早いけれど、浩次に譲ろうと思う。私が持っていても〈宝の持ち腐れ〉だからね」

「お父さん、〈宝の持ち腐れ〉でもいいではないですか。代々に伝えられた宝があると思うと、心にゆとりを持つことができるのではないでしょうか」

「だから浩次に、あの〈貴幸の笛〉〈慶福の笛〉が必要ではないのかな」

「では、お父さんの宝物ってなんですか?」

「それは母さん、家族だよ。いつも優しい母さん、それに元気な浩次。もう一つあるな。庭の躑躅だよ。季節が来ると花を開いてくれる。もう少し気を入れて手入れをしなくては、躑躅が可哀想だ」

その後、政一の丹精込めた手入れで、いつの間にか街の人たちから「躑躅屋敷」とまで言われるようになった。

その年の夏祭りに、浩次は囃し方で参加した。子どもの頃に子ども神輿の経験はあったが、この年の祭り参加ですっかり祭りに魅せられてしまった。というのも世話役からも、囃子方連中からも笛の音を絶賛されたからだ。これ以来、浩次はすっかりお祭り男になってしまい、頼まれるとどこへでも出掛けていった。

浩次はそんな祭り漬けの中で大学を卒業し、東都旅行企画に就職した。そして、〈森田流〉同期の門下生であった吉澤志津子と結婚した。

学生時代と違い、社会人になった浩次は、自由気ままに祭りに出掛けられなくなった。祭りに行けなくなった分、また公園での練習が始まった。月夜の日曜日、浩次と志津子が揃って笛を奏する姿が見られるようになった。伝説の博雅殿と若者が、月を愛で、貴幸・慶福の音を和したように、笛の音が公園の広場を流れていった。満月の夜は、博雅殿と若者が乗り移ったように、笛の音も冴え渡った。

長男の政彦、次男の浩志と子宝にも恵まれ、浩次と志津子は幸福な生活を送っていたが、浩次の母、由紀が、突然の心不全で亡き人になってしまったのは深い悲しみとなった。

庭の躑躅がぽつりぽつりと咲き始めたのを見ると、政一は、母、はるに〈節制〉をもって仕えた由紀を思い出した。

（躑躅の花のようだった）

浩次は祭りに参加できない欲求不満をなんとか紛らわそうと、会社からの帰り、公園に立ち寄った。公園の池の岸には菖蒲《あやめ》が群生していて、今の季節になると、長い花茎を伸ばして、一茎ずつ紫の花弁を開き、黄と白の虎斑が見えてくる。水辺にたたずんでいると、心の安らぎを覚えてくる。よい便りがあるのではないかと思えた。

夏祭りの便りが、あちらこちらから聞かれるようになってきた。

「浩次さん、今年の夏祭りはお囃子をお願いしますよ。浩次さんの笛、私たち担ぎ手に、力を与えてくれるのですよ」

いつものように公園で笛を奏している浩次に、お祭り野郎を自認している、近所の男が声を掛けてきた。

「私も久しぶりに笛を吹きたいですね。休みがもらえるか、会社に頼んでみます」

「お願いしますよ。仲間も喜ぶだろうな」

お祭り野郎は公園の出口へ行ってしまった。今まで沈んでいた浩次の気分が、少し晴れてきた。

(さっそく明日課長に申し出て、有給休暇をもらおう。何年振りだろう……)

浩次が祭りに参加しなくなって、かれこれ十年は経っている。その間、祭りの囃子が遠くから聞こえてくるのを耳にしたが、祭り自体、神輿の見物にも行けなかった。

そのため、小学三年生の政彦も、まだ幼い浩志も、父の浩次はお祭りが嫌いなのだと思っていた。

帰宅した浩次は志津子に、公園での祭り野郎との会話を話した。志津子は、浩次の笛にまた力が出てくるのでは、と喜んでくれた。

翌朝、会社に出勤した浩次は、課長に休暇を申し出た。しかし、課長は浩次の言葉をさえぎるように、

「源田君、社長が用事があるから、すぐ来てくれ、とおっしゃっているから」

浩次は何事だろうと少し心配になった。社長室のドアをノックすると、すぐ社長の声が返ってきた。

「おはようございます。源田です」

「おはよう。源田君、話があるんだが、ここに座ってくれ。……実は急な決定なのだが、君に南米のペルーへ行ってもらいたい。東都旅行企画の海外進出の一つとして、ペルーの代理店の店長としてだ。候補者は他にもいたのだが……私としては君に行ってもらいたい。明日か明後日までに返事がほしい。治安のこともあるので、何年かは

単身赴任になるよ。――課長の方には、私の方から言っておくから」

浩次は頭の中が真っ白になっていた。

「失礼します」

自分の席に戻っても、課長の顔を見ても、休暇を申し出たこともすっかり忘れてしまっていた。その日は、仕事をしていても、祭りのことよりも、海外勤務ということが頭から離れなかった。

南米のペルーという国は、地球儀で見ると、日本の反対側に位置する国であること。マチュピチュという空中都市があること。ナスカの地上絵があること。これらは知っているが、他のことはまったくと言っていいほど知らない国だ。海外勤務に魅力はあるが、家庭もあるし、祭りも捨て難い。引き受けても苦労することは明らかである。

その夜、志津子に、そして父、政一に話をした。政一は諸手を挙げて賛成してくれた。

「本来、浩次は笛の奏者になればよかったのかも知れない。あの二管の笛の伝承者として――。でも、日本の祭りは決してなくなりはしない。何年かして、日本に帰ってきてからでも、祭りの囃子手として楽しむことができる」

「私も同じ考えです。あなたの心にも体にも、博雅殿の心が伝えられているのですから――。政彦と浩志、それにお義父さまと留守を預かります」

父と妻に後押しされて、浩次はペルー行きを決めた。

山茶花と椋鳥

街の人たちから反対を受けていた、大和ホテルのマンション建設も、七割方建ち上がり、灰色のシートに覆われて、巨大な怪物が街の中にあるようだった。建築の規模が改められたためか、公園の環境は変わりなく、野草もバラ園も池の菖蒲もすこやかに成長している。

木立の中に消えていった男は、公園に住んでいる人たちから「ゴローさん」と呼ばれていた。ここでは愛称で呼ばれ、誰も本当の名前など気にしていない。そして、ゴローのルーツなども知らない。でも、周りの人たちからは、ゴローさん、ゴローさんと慕われ、「物知りゴロー」とも言われていた。

ゴローが木立の中に建ててある、自分のブルーシートで覆われた掘っ建て小屋に戻ってみると、いつもと様子が違っていた。

(何かおかしい！)

「誰だ？　私の家だぞ」

ゴローは乳母車を小屋の前に置くと、入口のブルーシートをめくった。ゴローはぎくっとして、身を引いた。

「……へえー、これは驚いた。椋鳥《むくどり》だよ。巣にいっぱいいじゃないか」

ゴローの小屋の中には、三人の子どもが毛布に包まり抱き合っていた。一番年嵩で十二歳くらいの女の子が、毛布の中からすくっと立ち上がり、ゴローを睨みつけた。

「私たちを追い払おうとしたって、だめよ！」

「まずは自己紹介からだろ」

ゴローの言葉に年嵩の女の子は恭子と名乗った。妹は恵子、弟は太という。恭子が年下の二人を守ろうとして、拳を握って叫んだ。

「私たち家族なんだから、ここで一緒に暮らすつもりよ。だって、家族は一緒にいなくてはだめなの！」

恭子の話を聞いていた妹の恵子が、毛布の中から叫ぶように言った。

「お母さんが、いつもそう言うわ！」

恵子も小さい弟をかばって、ゴローを睨みつけた。ゴローも初めはびっくりしていたが、子どもたちの勝手な言い分についつい睨み返した。両方で睨み合っているところに、木立を抜けて走り込んでくる白い犬が見えた。そして小屋の前まで来た犬は、ゴローに向かって激しく吠えた。ゴローは乳母車を盾にして、犬を防いだ。

「こいつ！」

恭子は犬の首を押さえて、命令口調で言った。

「しろ！　やめ。しろ、おいで。この人は、私たちを追い出しはしないよ」

しろは、恭子の言ったことを理解したのか、ぴたっと吠えるのを止めて、ゴローの乳母車をくんくんと嗅ぎ回った。

「私はただのブルーシート族ではないぞ。私は仕事が嫌いなわけではない」

こう言って、ゴローは改めて子どもたちを見回した。三人の子どもたちはゴローを見上げ、しげしげと見つめてきた。

「お前たちの親はどこにいる？　それにお前たちは一体、誰から逃げて、ここに隠れているんだ？」

今まで身構えるようにゴローを見ていた恭子も、少し心が和んだのか、子どもらしいかわいい顔になった。

「お父さんが死んじゃってから……私たち、部屋代を払うお金がないから、管理人のおばさんに追い出されたの」

「それでお母さんが、私たちをここに連れてきたの。ゴローさんだったら、いいよと言ってくれるだろうって……」

妹の恵子は、弟の太を抱いたまま、ゴローに訴えるように言った。

「誰にも見られないように、このブルーシートの中に隠れていなさいって……」

外の夜風は冷たく、ゴローと子どもたちに吹きつけてきた。ゴローは上げたままだったシートを下ろして中に入ると、灯りを点け、石油ストーブにも火を入れた。

恭子は懸命にゴローに訴えた。

「見つからないようにしないと、お母さんから引き離されてしまうって。――だけど、私たちは家族よ。だから一緒にいたいの」

子どもたちの目にはうっすらと涙が滲んできた。怒鳴られ、追い出されるものと思っていた子どもたちは、追い出す気がなさそうなゴローに安心したのかも知れない。

「ぼく、大きかったら、ぼくたちの家を見つけるのに━」

「もう、住む家を見つけてしまったようだな」

ゴローは仕方がないかと、子どもたちをもう一度見回した。おとなの事情がわかりかけてきている恭子は、申し訳ないという顔をして、乳母車を端に寄せた。

「ここがゴローさんの寝るところ。私たちと一緒に住んでもいいわ」

まだ幼い恵子は勝手に仕切っている。ゴローは恵子に言われた場所に座り込んだ。


ゴローは今日も乳母車を押して、公園から街の中に出て行った。少し足を引きずっていた。ホームレスの生活が、体を蝕んでいるのかも知れない。

自称マリーという女占い師が、商店街の片隅で営業している。マリーはゴローの姿を見かけると、ゴローの手を掴んで話し掛けてきた。

「旦那、占いはいかが？　今日はすばらしいことに出合いますよ」

ゴローは乳母車から手を離して、占い師と目を合わせた。

「やあ、マリーさんじゃないか」

ゴローは、隙間だらけの歯を見せて、にっこりとした。マリーも顔をほころばせた。

しかし、ゴローは突然、思い出したように言い出した。

「……子どもたちに我慢ならんよ。まるで椋鳥だ」

マリーはゴローの弱音を聞くと、人差し指をゴローの顔の前で左右に振って言った。

「あんたは、自分では子どもは嫌いだと思っているけれど、そりゃ、ただ、子どもが怖いのさ。あんたは心が優しいものだから、よほど心して掛からなかったら……」

マリーの話も終わらないうちに、ゴローはぶつぶつと口の中で呟きながら、乳母車を押して歩き出した。

「もしも、公園が嫌になったら、あたしのところへ来て、一緒に暮らしなさいよ」

マリーは体を揺すりながら、手を振ってゴローを見送った。

「そうそう、公園で山茶花《さざんか》を一枝折ってきたんだ。ゴローさんにあげるのを忘れてしまったよ。まあ、いいか。また来るだろうからー。さあさ、仕事にかからないと」

マリーはまた、小さな台の前に座り、通りを見ることもなく目を瞑った。やはり、陽の明るいうちは、占いは商売にならないようだ。

ゴローは今日の収入を得るために広告代理店へ急いだ。駅前でチラシを配る仕事だ。

「今日も頑張りますので、よろしくお願いします」

「ああ、ゴローさん、ご苦労様。今日の分はここに用意してあるよ。こちらに積んであるのは、今日、駅前で皆さんに配ってください。こっちの方は、二、三日中に家の郵便受けに入れてください」

ゴローは毎日の糧を、この仕事で得ているのだ。代理店からチラシを受け取り、駅前の広場へ出た。土曜日の駅前は、人出も多く賑わっている。

駅前でチラシを配り終えると、乳母車に積んである家に配るチラシとともに小屋に戻る道を進んだ。もう日暮れも近い。

コンビニの裏手を通りかかると、コンビニの店長が顔を出した。

「あっ、ゴローさん。賞味期限が来てしまった弁当があるけれど、よかったら持っていきますか?」

「ああ、ありがとう。でも今日は、一つでは足りないんだ」

「えっ、そんなに食べるの？　まあ、いいや。遠慮しないで持って行ってくださいよ」

「いや、そうではないのだよ。――実は子どもが三人いるんだよ」

「ゴローさんの子どもですか⁉　いや、お孫さん？」

「まさか……先日、小屋に帰ったら、三人も子どもがいたのだよ。まるで椋鳥みたいにね。こんな寒空に追い出すことなんてできやしないよ……」

「ゴローさんは優しいからね。お弁当、同じものはないけれど、四つでも五つでも持って行ってくださいね」

店長が好意で持ってきてくれた五つの弁当を、乳母車に入れて公園に帰った。ゴローのブルーシート小屋には、すでに灯がともっていた。

「お母さんの言ったこと、覚えている？」

恭子は妹と弟の寂しさを紛らわせるために話し掛けていた。

「クリスマスには、サンタさんが僕たちの家を持ってきてくれるんだよね」

毛布に包まっている恵子と太は、クリスマスが来るのを楽しみにしているようだ。

子どもたちがゴローのところへ来てから、十日余りが過ぎていた。

「この椋鳥の母親は、どこで何をしているのかね。子どもたちが心配ではないのだろうか？　小さな太が、家のことを言っていたが、子どもたちが家のことを考えないようにできないものなのか……」

ゴローは腹立ちまぎれに、初めの方は子どもたちに聞こえるように言ったが、終わりの方は子どもたちに聞かせるべきではないと気付き、呟くに留めた。それでも恭子は耳聡く聞きつけて、

「えっ、何？」

「うん、何……もうじきクリスマスだろう。だから、クリスマスパーティーでも開こうと思ってね。――そのうちお母さんも、きっと顔を見せるよ」

「ここで、クリスマスができるの？　お友だち、呼んでもいいの？」

まだ、状況をよくわかっていない恵子は、小躍りして喜んだ。

「敬ちゃんに、洋ちゃんに、耕ちゃんはどうしているかな」

妹や弟の、クリスマスを楽しみにしている様子を見た恭子は、今の境遇でクリスマスパーティーができるはずもない、と、しろを抱いて寂しく笑った。

「お母さんはどうしているんだろう」

「きっと約束通り、クリスマスにはみんなのところに帰ってくるよ。——おや、雪が降ってきたかな」

ゴローはシートをめくって、外の様子をうかがった。例年より早い雪がちらつき始めていた。ここの木立の中からは、街の様子をうかがうことはできないが、たぶん公園の広場から見る風景は、完成間近のマンションが、街の灯りを背にして、黒く浮かび上がっていることだろう。

突然、恭子がゴローに言った。

「ねえ、おじさんの家族はどうしたの？」

ゴローは恭子に痛いところをつかれてしまった。

「私の家族——私の家族は田舎にいるよ。君たちと同じくらいの孫もいるよ」

「どうして、一緒に暮らしていないの？　どうして田舎に帰らないの？　どうして——」

恭子の言葉にどう答えてよいか、ゴローは迷った。小学生の子どもに、なぜブルーシート小屋の生活をしているのかを理解させることは、とても無理だろう。

「そうだね。勇気を出して、田舎に帰ろうかね。――久しぶりに手紙でも書いてみようか」

頑なに公園で生活を続けていたゴローも、家族という言葉に、心がほぐれてきたような気がした。

「おじさん、お休み。恵子、太、さあ、寝よう」

「寒いから、風邪をひかないようにな」

毛布に包まった子どもたちは、しばらくもぞもぞしていたが、そのうちにすやすやという寝息が聞こえてきた。子どもたちの乱れた毛布を直したゴローは、子どもたちの寝顔を見つめ、ふうっとため息をもらした。恭子の枕元に手紙らしいものが置いてある。まだ書きかけなのか、封筒に入れておらず、母親にあてた文面が読みとれた。恵子や太の前では姉らしく強がって見せているが、内心はやはり寂しいのだ。

ゴローはもう一度、毛布を直してから、乳母車から便箋を取り出し、灯りの前に座り込んだ。ペンを取り上げたが、手は動かなかった。

ピンクのシクラメン

都心にも、ちらちらと雪が降り出した。

折原啓二は朋子を誘って、食事に来ていた。レストランはクリスマス間近とあって、電飾イルミネーションやポインセチアで飾られ眩いほどで、カップルや家族連れで賑わっていた。

フロントで名を告げると、マネージャーが慇懃に、啓二と朋子を奥のテーブルに案内した。ソムリエがすぐにワインのオーダーを聞きに来た。ワインのことなどよく知らない啓二は、「お任せします」と全部任せるしかなかった。ソムリエは「本日のお勧めです」とボトルの栓を開け、香りと味を確かめさせるため、啓二のグラスにワインを注いだ。全く知らない啓二は形だけ、香りをそして味を確かめ、ＯＫのサインをした。啓二と朋子のグラスに改めてワインが注がれた。その後、ウエーターが前菜を運んできた。そこでようやく二人きりになれる。

「さあ、乾杯をしよう。クリスマス・イブにしようかと思ったけれど、その日はきっと満席で予約も取れないだろうから、早めに計画したんだ」

「ありがとう、啓二さん。では、乾杯」

「乾杯。来年もいい年でありますように——」

「ちょっと早いんじゃないの」

二人はグラスを持ち上げ、乾杯をした。朋子は少し口をつけただけだったが、啓二は一気に半分ほど飲んだ。

「朋子、十和田湖へ行ってきたんだろう。紅葉がきれいだったか？　俺もしばらく帰っていないから——」

「あっ、忘れるところだった。これ、お土産」

朋子はバッグから包みを取り出し、啓二に渡した。

「あっ、サンキュー。俺の田舎は弘前、津軽富士とも言われる、岩木山の麓にある街で、高校までそこにいたんだ。大学のため、東京に出てきたけど、家は兄貴がいるから、俺は田舎に帰らなくてもいいんだ」

啓二は、朋子からの土産の包みを開けながら、そんなことを話し出した。

「おっ、跳人じゃやん。弘前はさ、津軽藩の城下町なんだ。少し足を延ばして行ってみるとよかったね。春はお城の桜の花。夏は〈ねぷた〉が街を練り歩く。陸奥の小京都が最も賑やかになる日だよ」

「私は休屋で、〈ねぶた〉のホテルに泊まったのよ。——今、啓二さんは〈ねぷた〉と言わなかった」

「俺も理由はよくわからないけれど、弘前では〈ねぷた〉と言うんだ」

「ふうん。〈ねぶた〉と〈ねぷた〉ね……」

今日の主菜、〈和牛ホホ肉の赤ワイン煮込みドーブ仕立て〉が運ばれてきた。二人はしばらく食事に集中した。

食事が一段落して、デザートになった。

「朋子、真面目な話があるんだ。聞いてくれ。これを受け取ってほしい」

啓二は内ポケットから、小さな包みを出して、朋子の前に置いた。朋子は、啓二の顔をじっと見た。

「朋子、俺と結婚してくれ。もっと早く言おうと思っていたのだけれど、勇気がなくて言い出せなかった」

朋子は十和田湖の旅行中に母と話し合ったことで、一応の踏ん切りがついていたので、この話を受けてもいいと思った。

「ありがとう……でも正式なご返事は、少し待ってください」

母に、啓二を紹介してから、と考えたのだ。

「わかった。……でも、これ、開けてみて」

啓二が包みを開け、指輪を朋子の指にはめてくれた。

そこへ食後の飲み物であるコーヒーが運ばれてきたのだが、二人の様子にウエーターはどうしたものかと躊躇した。それに気付いた啓二は、どうぞと手で示した。ウエーターは気にしていない素振りでコーヒーを並べて去っていった。

雪が降った朝、博子はいつもの散歩を休もうかと思ったが、雪の公園が見たくて、家を出た。また、笛の名手、源田志津子にも会いたかった。噂では、結婚前には能や踊りの会では、笛の奏者として、なくてはならない人だったようだ。

(庭に出て、雪かきなどしているのではないかしら……)

「躑躅屋敷」は、こんもりと小山を作っている躑躅の上にも、うっすらと雪が積もっていた。家の前まで来ると、ちょうど裏口から出てきた志津子と会えた。

「あっ、河合さん。おはようございます。今朝も散歩ですか？」

「おはようございます。今朝はよそうかと思ったのですけれど、どうしても、雪の公園が見たくて――」

「あの……私、お伴してよろしいですか？」

「ええ、もちろん。一緒に行きましょう。連れがいてくれた方がいいわ」

志津子は靴を履き替えてきた。そして、玄関から奥に声を掛けた。

「お義父さん、公園まで、河合さんと行ってきます」

博子と志津子は肩を並べて公園に向かった。

「河合さん、嬉しそうですね。何かよいことがあったのですか？」

「いいえ、そんなことはありませんよ」

「そうですか。――河合さん、私、篠笛のお稽古をしていると、お話ししたことがあるでしょう。今度、舞踊の橘先生のところで踊りの会があって、その中の出し物に

『越後獅子《えちごじし》』が組まれました。その囃子方、篠笛を私にと、森田先生からお話があったのです」

「越後獅子」というのは、三代目の中村歌右衛門《うたえもん》が三日間で仕上げ上演し、喝采を博した作品である。座付き作者の篠田金次が文句を、曲を九代目杵屋六左衛門《きねやろくざえもん》が担当し、『遅桜《おそざくら》手爾葉七字《てにはのななもじ》』という題の、七変化踊りの四番目だ。越後から出てきた角兵衛《かくべえ》獅子が、門付けをする様子を踊り込み、最後には高足駄《たかあしだ》を履いての「布晒《ぬのざら》し」になる。長唄所作事の代表作の一つである。

「それは、精進の甲斐がありましたね。ぜひ、拝見したいですね」

博子と志津子は、公園の広場に立っていた。枯れた芝が雪をかぶり、一面がダイヤモンドのように、朝の太陽を受けて、きらきらと輝いている。

「ああ、来てよかったわ。どう、志津子さん、すばらしいわね」

博子は腕を上げて、深呼吸をした。

「本当に、別世界にいるようだわ」

志津子も大きく息を吸い込んだ。そして腹式呼吸を始めた。

「志津子さん、踊りの会はどこで――」

「十二月二十三日の天皇誕生日に、会場は区のシビックホールです。暮れも迫ってお忙しいでしょうが、ぜひ、お出でください。ご招待券を用意させていただきますので」

「ありがとうございます。踊りの会、久しぶりだわ。楽しみにしています」

「恥ずかしくないように、頑張ります」

雪の公園にも、三々五々人々が集まり始めた。博子は公園の入口の、真っ赤な椿の花を見た。つややかな緑の葉の中に、椿の赤い花が凛と咲いている。娘の朋子も、赤い椿の花のように、〈気取らない優美さ〉のある女性になってほしいと願っている。

公孫樹《いちょう》の落葉の上に積もった雪を踏みしめて歩きながら、

「この近くに、マリーさんという占い師がいましたね」

博子は通りを見回しながら、志津子に話し掛けた。志津子も辺りを見回したが、マリーの姿は見当たらなかった。

「河合さん、マリーさんに占ってもらうことがあるのですか?」

「ううん。どうしようかと思っているの」

「マリーさんの占い、当たるそうですよ」

「そう。時間があったら、占ってもらおうかしらね」

二人はいつしか、躑躅屋敷の前に戻っていた。

「では、ここで、失礼します。ご招待券をお送りしますので、どうぞいらっしゃってください」

志津子は嬉しそうにそう言うと、躑躅の生垣の中に入っていった。


その夜、朋子はいつもより早く帰ってきた。夕食のテーブルについた時、朋子は博子に言った。

「お母さん、ちょっと話があるの。話を聞いて。――私、啓二さん、折原啓二さんから、結婚してくださいと言われたの」

「それで？」

「うん、その話を受ける前に、お母さんに啓二さんと会ってほしいの。十和田湖でお母さんは、朋子がいいと思う人だったらと言ったわ。でも、私が選んだ人を、お母さんに見てほしいの」

「ぜひ、私もその人に会ってみたいわ」

「お母さん、ありがとう。ああ、これですっきりした。お腹がすいたわ、食事にして」

「あらあら、できているわよ。——そうね、お母さんが啓二さんと会う日、いつにしようかしら」

「今度の日曜日はどうかしら?」

「今度の日曜日……」

「何か、都合の悪いことでもあるの?」

「実はね、十二月二十三日に予定があるのよ」

「十二月二十三日の天皇誕生日に何かあるの?」

「躑躅屋敷の志津子さん、朋子も知っているでしょう。志津子さんは横笛の名手なのよ。その志津子さんが十二月二十三日、区のシビックホールで催される踊りの会で、『越後獅子』の囃子方をするの」

「ねえ、お母さん。『越後獅子』ってどんな踊りなの?」

「私もよくは知らないのだけど、高足駄を履いて布晒しをする、というので有名な踊りね」

「布晒しって、どんなことをするの？」

「踊り手が、長い白い布をもつれないように振って踊るの。――お母さんね、今日、志津子さんと公園までご一緒したの。そこで踊りの会のご招待を受けたのよ。朋子と行こうと思って……」

「楽しそうね。踊りの会も行きたいし、あ、二十三日は啓二さん、予定が入っていると言っていたから、二十四日、ＯＫしてくれるかな？」

「朋子、啓二さんのところへ電話したら？　そういうことは早い方がいいわ」

「まだ、会社かも知れないから……もう少しして、家の方に電話してみる」

朋子は照れくさいのか、母の前では電話をしなかった。博子は、私の予感が当たったと、秘かに微笑んだ。これでマリーに占ってもらうこともなくなった。

「ねえ、二十三日はどんな服装で行けばいいかな？」

「着物がいいわね。朋子も着物で行こう」

親子は久しぶりに夜遅くまで話した。

翌日、会社から帰ってきた朋子から、啓二が「喜んで伺います」と言っていたと言われ、また、志津子からも招待状が届けられ、博子はうきうきする気持ちでいっぱいになった。

暮れの迫った街の中はせわしなく賑やかだ。買い物に出た博子は、花屋の店先に並んでいるシクラメンを見て、一鉢買い求めた。店頭には赤、ピンク、白と並んでいたが、ピンクの小さな鉢を買い求めた。シクラメンは、花弁が反り返ったように見え、篝火のようだ。そして下向きに咲いている花は、はにかんでいるようにも見える。赤いシクラメンの花言葉は〈嫉妬〉だと、この時に知った。

躑躅屋敷からは、かすかに志津子の笛の調べが聞こえてくる。志津子の夫も笛の名手で、かなり古い時代の篠笛が家宝として伝えられているという話も聞いた。その笛の音かどうかはわからないが、もれてくる調べもすばらしいものに思った。

遊園地に近いところにあるホールは、着物姿の人々で華やいでいる。

博子・朋子の親子は、少し早めに会場に来ていた。舞踊団体からの花輪や、友人、知人からの花輪が、ロビーいっぱいに飾られている。そこへ志津子が楽屋から出てきて、森田先生や同門の人たちにお礼を述べている。博子は朋子と一緒に、志津子のところへ行って、招待のお礼を述べた。そして、カトレアの鉢を贈った。志津子はその鉢を遠慮がちに受け取ると、隅の方にいた家族を、博子と朋子に紹介した。源田政一、そして二人の子ども——。

兄の政彦を見た時、朋子は昨秋の初老の男とのやり取りを思い出した。

「君は……」

朋子は言い掛けたが、次の言葉をぐっとのみ込んだ。

開演のベルが鳴って、客席への誘導が始まった。志津子は挨拶もそこそこに、楽屋の方へ去って行った。

木が入り、会場の灯りが落ちてきた。

演目も進み、今回の呼び物のひとつである『越後獅子』になった。チョンともう一度木が入ると、今までざわついていた会場が、水を打ったように静かになり、幕が上がった。

舞台下手に、二段の緋毛氈の台があり、囃子方の笛、小鼓、大鼓、太鼓の鳴り物と謡いの人が揃うという、豪華なものだ。

幕明けの通り神楽〈打つ太鼓の音も澄み渡り――〉、角兵衛の門付け、大道芸でとんぼ返りといった所作があって、越後の自慢を披露する。〈見渡せば、見渡せば、西も東も花の顔、何れ賑わう人の山、人の山〉と前触れをして、晒し合い方になり、高足駄を履いての『布晒し』になるのだ。ここまでくると全合奏になる。

志津子の堂にいった演奏に、そして舞台の華やかさに、博子も朋子も圧倒された。

今日の出し物が全部終わって、緞帳が下ろされた。客席は、今まで口を開く間のなかったことを取り戻そうとするように、賑やかになった。親子は興奮冷めやらずの体でロビーへ出た。

志津子や政一にすばらしいものを見せていただいた礼を述べて、会場を後にした。

翌日は、朝から忙しかった。

「お母さん、そんなに張り切らなくてもいいよ。啓二さんはお母さんに会いに来るんで、家を見に来るのではないのよ」

「でも、お母さんの腕の見せ所だし、何かご馳走をしたいの。これから買い物に行ってきて……啓二さんは、どんなものが好きなのかしら？」

博子は、啓二に会うのが、楽しみでしかたがないようだ。

どこから飛んでくるのか、落ち葉が街の通りを舞っている。買い物を手早に済ませて、博子が通りの花屋まで来ると、占い師のマリーが花を選んでいた。店の中は暖かい春に包まれているようで、博子はちょっと立ち寄ってみたくなった。

マリーは何か独り言を言っている。

「〈ラベンダー〉はとてもよい香りがするけれど、ちょっと我儘な人。もう少し自分を抑えるようにすると、後は幸福になれる。今日の花は〈沈丁花《じんちょうげ》〉ね。永遠の愛を得ることができる。恋人が訪ねてくる予定のある時は、部屋にこの花を飾るといいわね」

街はこれから真冬を迎えるのに、店の中は春真っ盛りのようだ。

博子は朋子のためにも、今日訪れる啓二が包容力のある誠実な人であることを願い、マリーの独り言に耳を傾けた。ピンクのシクラメンだけでも、河合家のリビングは華やいで見えるが、朋子のためにも、占いでよいと言われる花を飾ってあげたいと思った。亡き夫が博子の両親に会いに来た時、博子はどんな花を飾っていただろうか――。博子は昔も今も白い花が好きだ。夫となる人が博子の家に来たのは五月だった。リビングのテーブルにスズランを飾ったように思う。春の女神オスタラから〈幸福〉を贈られると信じて――。

若い頃の博子は、自己表現があまりできず、はっきりと自分の意思を伝えることが下手だった。若くして亡くなった夫は、そんな博子に自信と行動力を残してくれた。

結局、博子は花を買わずに帰ってきた。

「朋子、今日も着物にしたらー。昨日の着物姿、啓二さんに見せた方がいいわよ」

「そんなに着飾ることはないわ。お見合いじゃないんだからー」

でも、朋子はどこか嬉しそうに、着物姿で啓二を待つことにした。

「あら、この着物、私の――」

「そうよ。私にいいでしょう」

「あなたのお父さんが、私を妻に迎えたいと両親に会いに来た時、私が着ていた着物よ。――縁があるのね」

博子はしみじみと、朋子の着物姿を眺めた。

啓二が河合家に訪れる時刻は午前十一時と約束をしていたが、啓二が現れたのは二十分ほど過ぎていた。

「啓二さん、どうしたの？　迷子にでもなったの？」

「いや……遅れて申し訳ない。ちょっと気になることが……」

「母も待っているから、とにかくどうぞ」

朋子は啓二を、博子の待っているリビングへ案内した。

「こんにちは。折原啓二です。本日は、私のために、時間をさいていただき、ありがとうございます」

「ようこそいらっしゃいました。朋子の母、博子です」

朋子がお茶を運んできた。啓二は朋子の着物姿に、今、気付いたようだ。啓二も朋子もお互いに、ちょっと気恥ずかしく面映ゆかった。

しかし、啓二は何か気になることがあるようで、いつもの快活な様子が見られない。

啓二は博子の前で、深々と頭を下げた。

「本日お伺いしましたのは、朋子さんと結婚させていただきたいと思いまして、お許しをいただきたく参りました」

「朋子から話を聞いております。不束な娘ですが、末永くよろしくお願いいたします」

「ありがとうございます。きっと幸せにいたします」

「啓二さん、これ――」

朋子は、先日、啓二から渡されていた指輪の入った小箱を、啓二に差し出した。啓二は改めて博子の前で箱を開け、指輪を取り出し、朋子の指にはめた。博子は満足そうに頷き、涙を隠すように俯き、お茶を一口飲んだ。

「本来ならば、啓二さんのお宅へ伺い、ご両親のお許しをいただくのが先なのですが……。啓二さん、出身は青森の弘前とうかがっていますが、ご家族は……」

「はい。弘前には両親と兄と妹がおります」

「早いうちに、朋子、啓二さんのご両親にお会いして、お許しをいただかなくてはね。さてと、これでセレモニーはおしまい。どうぞお茶を召し上がってください。これは名物饅頭なのよ。よろしかったらどうぞ。あら、ちょうどお昼よ。朋子、手伝ってね。お口に合うといいのですが――。啓二さんは、お酒、召し上がるでしょう。あっ、車でいらっしゃったのかしら……」

「いえ、今日は電車で来ました」

啓二は、電車で来ましたと答えたが、そのために駅前で、思わぬ人を見かけたのを思い出し、軽くため息をついた。

博子は上機嫌で、

「私もご相伴するから、ゆっくりしていってくださいね」

朋子は啓二のビール党を知っているので、ビールとグラスを盆に載せて運んできた。

「ねえ、お母さん。まずは、ビールで乾杯しましょうよ」

三人はビールの入ったグラスを持ち上げて、乾杯をした。

朋子は母が作ってくれた料理をテーブルに所狭しと並べた。

「啓二さんは、どんなものが好きなのかしら」

母は、啓二にいろいろと気をつかってくれる。朋子はそんな母の姿に、心が温かくなった。

朋子は、母が席を外した時、啓二にそっと聞いてみた。

「啓二さん。さっき、気になることと言っていたけれど……私たちのこと――」

「ああ、いや、全然違うんだ。――実は駅前で、ある人を見かけた気がして……」

「ある人？」

啓二はとても言いづらそうだ。朋子は無理矢理、啓二の心の中を覗く気はなかったが不安になった。

「どう話したらいいのか……君にはまだ話してなかったんだけど、親父の……」

お手洗いにでも行っていたのか、リビングに戻ってきた博子が聞いた。

「お父さまが、どうなさったの？」

「ああ、いえ、父ではありませんが……駅前で見かけたんです。たぶん、叔父さんだったと思います。どこかの店のチラシを配っていました。――私は高校卒業後、東京に出てきました。アルバイトをしながら大学を出て、今の会社に入りました。弘前を出てから、まだ一度も帰れませんが、母からは手紙や電話で、弘前の様子を聞いていました。自分もまた、自分の近況を知らせていましたので、別に弘前に帰らなくても寂しくありませんでしたし、家族の絆は離れていても大丈夫だと思っています。——ただ、叔父が五年前にリストラに遭い、家族の生活を守るため、東京に出稼ぎに出てきている、と。月に一度くらいの割合で弘前に帰っていた叔父が、四年前の春頃から、帰らなくなってしまったそうです。電話も手紙もなく、音信不通になってしまった、と。——私は、このような状況をまったく知らされず、最近の母からの手紙で知りました。その叔父らしい姿を、今日、駅前で見かけたんです」

「駅前で、叔父さまを——」

朋子は、自分の知っている、乳母車を押す初老の男と重ね合わせていた。薊は〈独立〉とか〈厳格〉の花言葉があった。

「叔父が帰らなくなってから、叔母はパートで働きに出たようです。もう叔父の子どもたちも高校を卒業し就職をしたので、最近では叔母も少しは楽になったようですが……その叔父らしき人は、駅前でチラシを配っていました。私の知っている頃の叔父とは少し違っていましたが、あの人はきっと叔父です。もう一度会って、確かめたい」

「駅前でチラシを配っている人……乳母車を押している人かしらね」

「きっと、朋子の知っている、野原薊の人よ」

(子どもたちに道理を説いていたあの人が、音信不通になっている啓二さんの叔父なのだろうか。そうだとしたら、何があったのだろう。――仕事のあてもないまま、東京に出稼ぎに出てきたものの、思うような収入が得られない。そんな自分に嫌気がさして、あんな生活に入ってしまったのだろうか)

「栄寿司です」

チャイムが鳴って、寿司屋の出前が届いた。

「朋子さん、お吸い物を温めてね。啓二さん、お食事にしましょう。今のお話は、皆でよく考えましょう」

朋子がキッチンから温めたお吸い物を持ってきて食卓に並べてたが、三人共食欲がなくなり、無理に口に入れるような食事になってしまった。啓二は食事をしながらも、じっと考え込んでいるようだ。そんな啓二を見ていられなくなった博子は啓二に言った。

「食事が済んだら、三人で駅前に行ってみましょう。——でも啓二さん、そこで叔父さまに会われて、すぐ『叔父さん』と声を掛けられますか？　それとも見守るだけですか？」

「それは——」

「また、叔父さまも甥に会ったからといって、すぐ弘前に帰ることができる？　そんな簡単な事情ではないでしょうね。叔父さまがどう考えていらっしゃるのか、啓二さんにどう話していいのか、本当のことは話しづらいだろうしね。——そうだ。朋子が、まず、お話を伺ってみたら……」

朋子もその方がいいかもしれないと思った。

「そうね。もし、野原薊の人が、その人だったら——。啓二さん、いいでしょう？　私にも叔父さまになる人かも知れないもの。とにかく、駅前に行ってみましょう」

食事の片付けも簡単に、三人は駅前に出掛けた。

クリスマス・イブとあって、駅前はいつもより人出があり、クリスマス・キャロルが鳴り響いている。商店街は鮮やかなイルミネーションが輝き、人々の心を浮き浮きとさせている。サンタクロース姿のチラシ配りが子どもたちの人気を集めている。その中に、啓二の叔父らしい姿は見当たらなかった。

朋子たちは駅前にある、チラシを扱っている事務所に行って、チラシを配っていた男性のことを聞いてみた。

「ああ、あの人ね。ゴローさんでしょ。仕事がきちんとしているので、もう二年ほどお願いしていますよ。今日は仕事が終わって、家に帰ったけど」

「その人はどこに住んでいるかわかりますか？」

「いや、公園の中ということはわかっていますが……詳しいところは――」

「そうですか……。ありがとうございました」

啓二は、事務所の人の言葉に、肩を落として事務所から出た。朋子は、そんな啓二の後ろ姿を見るのも初めてだった。きっと、叔父に会えなくて、がっかりした心と、今会ったらどうすればいいのだろうかという、複雑な心境だったのだろう。

椿の花

仕事が終わったゴローは、子どもたちのために、クリスマスケーキを買って、公園の我が家に向かった。街のイルミネーションが公園の中まで明るく照らしている。赤い椿の花が慎み深く、空の星のようにぽつんぽつんと咲いている。

(早く帰って、小屋の中を温かくしてやろう。そして、プレゼントはないけれど、あの椋鳥たちとクリスマスパーティーの真似事でもしよう)

小屋の前まで来ると、小屋の中から子どもたちの歌声が聞こえてきた。近頃は慣れてきたので、「椋鳥たち、また騒いでいるな」と笑いながら、シートをめくった。三人の椋鳥が一斉にゴローを振り返った。

「あっ、おじさん、お帰りなさい」

恭子、恵子、太、三人の椋鳥はにこにこと、いつもより楽しそうにしている。その笑顔の後ろにもう一つ顔が見えた。ゴローはびっくりして、小屋の中で立ちつくした。

「おじさん、お母さんです」

恭子が大人びた口調で、母親を紹介した。

居住まいを正した母親が、

「この子たちの母親で、安田洋子と言います。子どもたちが長い間お世話になりました。本当に自分勝手をしまして、申し訳ありませんでした」

洋子は頭を地面につけんばかりに下げ、ゴローに礼を言った。

「私もびっくりしたよ。ここに帰ってきたら、椋鳥が、いや子どもが三人、毛布に包まっていたのだからね」

「助かりました。本当にありがとうございました」

深々と頭を下げた洋子の目には、涙が溢れてきた。

「それで、問題は片付いたのかね？」

ゴローは、恭子から聞いていた話を思い出して尋ねた。

「子どもたちは……どのように話をしたのでしょう。十一月の末、子どもたちの父親が交通事故で亡くなりました。亡くなってから、借財のあることがわかりました。金融会社が毎日のように返済を求めて、家まで押しかけてきました。ドアを叩いて、大きな声で返済の催促をします。ご近所の方々にご迷惑をかけました。それで、私たち親子は家を出ることにしました。——ゴローさんのところでお世話になっていて、クリスマスには迎えに来るからと、子どもたちと約束をして、私は、金策のため、親戚中を回りました」

その時洋子は、街で噂されていた、心優しくブルーシート小屋で生活しているゴローに頼るしか方法が見つからなかったのだ。ゴローの了解も得ないまま、子ども三人をここに連れてきた。そして「ここにいなさい」とゴローの小屋に残してきてはみたものの、心配で、洋子はその夜、ゴローの小屋を遅くまで見守っていたという。この寒空に追い出されはしないか、風邪でもひいて熱を出さないだろうか、身の縮む思いでその夜を過ごしたとのことだ。

(洋子は、この話を、たぶん子どもたちには聞かせたくないことだろう……)

ゴローは話題をそらそうと、乳母車の中からケーキの箱を取り出した。

「あっ、忘れるところだった。みんなにクリスマスケーキを買ってきたんだ」

恵子、太は目を輝かして、恭子が受け取ったクリスマスケーキの箱を見つめた。恭子は箱からケーキを取り出して台の上に置いた。そして銀色の小さなろうそくをケーキに立てた。ゴローはマッチをすって、ろうそくに火を灯した。小さな灯りがボーッと、暗かった小屋の中を、オレンジ色の暖かい光で染めた。三人の椋鳥は手を打って喜び、誰からともなくジングルベルを歌い出した。ゴローも一緒に歌った。そして、母の洋子にも歌うように促した。

「敬ちゃんや洋ちゃん、耕ちゃんたちと一緒にクリスマスのパーティーはできなかったけれど、お母さんと一緒でよかったね」

恭子は恵子と太にようやく子どもらしい笑顔でそう言った。母の洋子は、ゴローの心遣いに感謝し、何度も何度も頭を下げた。

「ところで、これからどうするのかな？」

ゴローは、この親子がどうするつもりなのか心配になり、洋子に聞いた。洋子は居住まいを正して言った。

「本当にお世話になりました。なんとか生活していく目途がつきました。子どもたちと一緒に生活していきます。ありがとうございました」

「それはよかった。住むところも、きちんとしたのだね」

「はい。小さなアパートですが、親子四人で生活していきます。子どものこともありますので、転校しないですむようにと――」

ゴローの小屋で、楽しいひと時を過ごした親子は、肩を寄せ合うようにして、新しい住まいへ出発していった。ゴローは、入口のシートをいっぱいに開け、親子の歩んでいく道を少しでも明るく照らそうとした。山茶花の花が今を盛りと咲き誇っている。

洋子、恭子、恵子、太の親子が、ゴローの小屋を出て行った後、ゴローはすっかり気がぬけて、何も手がつかなかった。何かしなくては、と、気もそぞろだった。

「手紙を書こう。あの時は、まだ決心がつかず止めてしまったが、私には妻も子どももいるのだ。あの椋鳥の親子ではないが、家族は一緒でなくてはいけないのだ」

やっと決心のついたゴローは、弘前にいる妻に手紙を書き出した。

年が明け、静かだった街も、お正月の賑わいで活気に溢れている。

ゴローの姿はもう公園には見られなかった。ゴローの住んでいた小屋もすっかり取り払われていた。そして、ゴローと同じく公園にブルーシート小屋で生活していた人

たちから、

「ゴローさんは、田舎に帰ったよ」

「もう一度、家族とやり直すんだってー」

という話が聞こえてきた。


朋子は、ゴローが啓二の叔父さんであるか確かめようと、正月の三日、啓二と公園に出掛けた。ブルーシート小屋が立ち並んでいる辺りまで行ってみたものの、足がすくんで、その中に入っていけなかった。

（誰に聞いたら、そのゴローさんのことがわかるだろう）

朋子は、ふと公園近くにある、母と寄った喫茶店のマスターにでも聞いてみたら、噂ぐらいはわかるかも知れないと思った。

マスターの店は相変わらず、がらんとしている。

「マスター、明けましておめでとうございます」

「明けましておめでとうございます。おや、珍しい。今年もどうぞよろしく」

マスターは、注文も聞かないのに、もうコーヒーを朋子の前に出した。カウンター席に腰を下ろした朋子の下に、コーヒーの香りが漂ってきた。

「マスター。ゴローさんという方のこと、何か知っていますか?」

「ああ、ゴローさんね。何か占いのマリーさんが言っていたよ。田舎に帰ったとか……。ゴローさんもうちのお客さんで、時々見えたのだけど、このところ、姿が見えないものだから、どうしたのかなと思っていたんですよ」

「えっ、田舎に帰ったのですか?」

朋子は田舎ってどこだろうと思った。啓二の田舎は弘前だ。もし、ゴローさんが弘前に帰られたのなら、啓二の叔父さんという確率が高くなる。

「マリーさんは、ゴローさんの田舎ってどこだとか言っていましたか?」

「そこまでは、マリーさんも知らないようでしたよ」

「ゴローというのは、この公園での呼び名でしょう。本名はなんというのかしら?」

「朋子さん、どうしたのですか? ゴローさんのことが、そんなに気になりますか?」

「ええ、ちょっと頼まれたことがあったものですから——」

ベルが鳴って、お客が入ってきた。マスターは話を切り上げて、カウンターの中に入って行った。

朋子も店を後にした。

また、あの人の話を聞きたいと思っていた朋子は、

(もし、ゴローさんが啓二さんの叔父さんならば、会うことも、話もできる。何より、近いうちに啓二さんと、弘前のお父さん、お母さんのところへ伺うことになっているのだから、ゴローさんに会えるかも知れない。——新たな決意で、これからの生活を始められたゴローさんから、きっといい話が聞けるはず……)

その夜、朋子は啓二に、今日のことを電話で話した。それに呼応するように啓二から、母からの賀状には、叔父が弘前に帰ってきたと書いてあったという話があった。

(ゴローさんは、啓二さんの叔父さんだったんだ。きっと、家族で暖かな新年を迎えていらっしゃるわ)

朋子は胸を撫で下ろした。

その花は、その花のように

朋子は、啓二と観劇の後、銀座で軽い食事をした。家まで送るという啓二の好意をことわり、駅で別れた。

「その花は、その花のように――」

目を瞑り、電車の揺れに身を任せていた朋子は、ふと隣から聞こえてきた声に、目を開けた。

勤務を終えて帰宅する人たちの混雑も一段落して、午後十時近いこの時刻の車両はわりと空いていて、朋子はゆったりと座ることができた。

朋子の隣には、五十代ぐらいの二人の女性が座っていた。朋子と同じように観劇の帰りなのか、楽しそうに時々笑い声も混じえ、余韻を楽しんでいるようだ。

「その花は、その花のように――」

朋子の耳に届いた言葉は、二人の会話の一部だった。朋子は、自分の周りを見回した。

（その花？　花はどこにあるのだろう）

この車両には、花の姿も香りさえしていない。

（観劇の中の、印象に残った台詞なのだろうか）

二人は次の駅で降りるらしく、バッグを持ち直して立ち上がった。

「その花は、その花のように――よ」

話しながら電車を降りていった。風でも吹きつけてきたのか、首をすくめるようにして、足早に去っていった。

下車していった二人の会話にあった「その花は、その花のように」が朋子は気になり、二人をじっと見送っていた。

（『その花は、その花のように』の『その花』というのはなんなのだろう）

この車両には、鉢植えの花も、切花も見当たらない。「この花」「その花」「あの花」――。しかし、確かにあの二人は、「その花」と言っていた。

朋子は、こんな些細なことが気になって、つい自分の降りる駅を乗り過ごしそうになった。

駅前の商店街は、すでに灯りを落とし、静まりかえっている。公園通りに入ると、かすかに梅の香りが漂ってきた。

あの二人は確かに、「その花」と言っていた。「この」「その」「あの」は、なんとはなしに使っている。「こそあど言葉」がこんなに気になるとは……。

「こそあど」とは一般的に使われる指示語だ。朋子は他の言葉で言い換えてみた。「この犬は……」「その犬を……」「あの犬が……」「どの犬が……」というように、話題の内容をはっきりさせることができる。小学校での作文の勉強が進むにしたがって、指示語の重要さもわかってきたことを、今も時々思い出して考えることがある。

朋子は今までに、いろいろな花と関わりを持ってきた。高校生の時には、華道部にも入っていた。花と名が一致するもの、名は知っているが「これはなんという花」と言われると知らない花。やはりそれらは「この花」「その花」「あの花」なのだろうか。

母の博子が、病気から立ち直るきっかけになった、桜の花――それは「その花」とは言わない。また、ゴローさんと知り合うきっかけになった野原薊の花――これも「その花」とは言っていない。源田さんのところの躑躅。公園のバラ、菖蒲、椿、山茶花。

千恵ちゃんがお母さんに贈ったカーネーション、志津子さんの夫がペルーから送ってきた勿忘草の写真。これらはどれも美しく、心を和ませ、勇気をもらい、安らぎを覚える。

南からの桜の便りがだんだんに北に移動し、弘前からも桜の便りが聞かれるようになってきた。啓二から弘前に行こうという話が来た。啓二の両親に結婚の許しを得るためだ。

四月中旬に、啓二の運転する車で弘前に向かった。母、博子からの折原家への土産を持って――。

車の中で、朋子は今、頭から離れないでいる「その花」について話し出した。

「啓二さん。『こそあど言葉』って知っている?」

「指示語だろう。文や話を簡潔にするために、『この』『その』『あの』『どの』とか、『これ』『それ』『あれ』『どれ』とか、使う言葉だったよね」

啓二も朋子と同じように理解をしている。

「それがね。先日の観劇の帰り、電車の中で聞いちゃったの」

「何を？」

「うん。『その花は、その花のように――』って。隣に座ったおばさん二人がおしゃべりしている中に出てきた言葉なの。そして、電車を降りる時にも、『その花は、その花のように――』と言いながら降りて行ったの」

「電車の中に、花でもあったの？」

「ううん、花なんかどこにも見あたらないの。啓二さん、『この花』と言ったら、どこにある花のことを言っているの？」

「そうだな……『この花』と言ったら、自分の手の届く範囲にある花だね」

「では、『あの花』と言ったら？」

「逆に自分の手の届かない範囲にある花だね」

「そうすると、『その花』というのは、『この花』と『あの花』の中間にある花ね」

「そうなるね」

「でも、変だわ。あの人たちが言っていた『その花』というのが、これで考えていくと、どうしてもわからないの」

「ねえ、啓二さん。ゴローさん、いえ、啓二さんの叔父さま。弘前に帰られて、お仕事はどうなされているの？」

朋子は、これ以上話が進むと、啓二の運転に影響する恐れがあるので、話題を変えた。

「ああ、お袋の電話では、弘前城公園で働いていると言っていたよ」

「よかったわ。――私、ゴローさんという名しか知らないのだけれど、お父さまの弟さんならば、折原……何というの？」

「折原敬吾だよ。何で、ゴローと呼ばれていたのかな」

「私、ゴローさん改め敬吾さんに会えるのを楽しみにしているの。野原薊の時、それに噂で聞いた三人の椋鳥たち、どれも私は拍手をしたくなる話だもの」

「朋子、弘前に着いたよ。親父に会う前に、桜見物でもしていこう」

啓二と朋子は、弘前城へと足を延ばした。啓二は上京して以来の帰京で、いろいろと寄り道をしたいようだ。

弘前は岩木山の麓、津軽平野の中に開かれた、津軽藩の城下町だ。春の弘前城のさくら祭り、夏のねぷた。陸奥の小京都と言われるだけある。また、今は弘前が一番に賑わう時だそうだ。

啓二と朋子は、弘前城の雪洞の飾られている桜の並木を見物した。その後、公園に併設されている史料館で、津軽家に伝わる武具や古文書を見学した。次に博物館に寄り津軽の歴史や美術工芸品を、観光館で津軽凧の展示を見て回った。

折原家では、両親が出迎えてくれた。客間に通されて座卓の前に座った啓二は、常になく緊張しているようだ。床の間には春らしい赤いスイートピーがガラスの花瓶に生けてある。門出にふさわしい花だ。朋子はこの心遣いに嬉しくなった。

「今日は、河合朋子さんと一緒にお願いにまいりました」

親子でも礼儀はきちんと、と思うと、啓二も緊張した。

「私が啓二の父親、折原一輝です。これは私のつれあいの充子です」

型通りの挨拶が終わり、母の充子がお茶を運んできた。

「今日はめでたい日ですので、さくら茶です。どうぞお召し上がりください」

「ところで啓二、弘前で生活するつもりなのか？」

このことは、朋子とも話し合っていた啓二は、決心していることを伝えた。

「今、弘前に帰ってきても、改めて職を探すのは大変です。兄もいることですから、しばらく私たちは東京で生活したいと思っております」

「そうだな、それがいいかも知れない。朋子さんのお母さんも安心するでしょう」

そばに控えていた充子も、

「そうですね。二人の生活を楽しんでください。その方が……啓二は啓二らしく、朋子さんは朋子さんらしく、していられますね」

と、賛成してくれた。


無事、朋子を啓二の両親に会わせ、結婚の許しを得たことを、啓二は博子のところへ報告に来た。朋子はテーブルに燕子花《かきつばた》を飾った。

「おめでとう。これで後は、式の日取りだわ」

「ありがとうございます。今後ともよろしくお願いします」

「ところで朋子、『その花は』は解決したの？」

「うん、まだ。啓二さんとも話したのだけど、すっきりしないの」

「あら、もう答えは出ているじゃないの？」

「どうして？　啓二さん、わかる？」

「いや、お義母さん、教えてください」

「朋子、折原のお母さまから、どんなお話を伺ったの。私にはこれだとわかったわよ」

「……特別、『その花』について、私は話をしなかったし、お義母さまからも別になかったわ」

「どんな話をしたか、思い出してごらん」

朋子には何もわからなかった。

「しかたのない子ね。お母さまはちゃんと答えを出してくださっているのよ。朋子、今日、啓二さんが見えるので、何をしたの」

「特に何もしなかったけれど、『燕子花』の花を生けたわ」

「燕子花の花言葉は――」

「『幸福はきっと、あなたのものだ』だったと思うけれど……」

博子はにこにこと顔をほころばせて、会話を楽しんでいるようだ。黙って親子の会話を聞いていた啓二が、はっと気付いた。

「わかった。『その花』の『その』とは、方角や場所を示すものではなく、その人の持っている、個性や長所で、それを大切にしなさいということだ」

「あっ、そうか。お義母さまは『朋子さんらしく』と、おっしゃっていたわ。そうね、それが『その花らしく』ということなのだわ」

「そうよ。朋子、幼い頃、読んで上げた、イソップ童話の中に『ものまねカラス』というのがあったでしょう。あの鳥の羽がすばらしいから私にもくださいと、神様におねだりを次から次へとしていったので、最後は自分が思ってもいなかった、真っ黒な姿になってしまったという話。カラスだって、きっとカラスらしいすばらしい羽を持っていたのだと思うのよ。自分は自分らしくというのが、『その花は、その花のように――』なのよ」

朋子は、はっと気付いた。あの電車の中で聞いた話は、天啓だったのか――。これから新しい人生に踏み出そうとしている朋子への、戒めだったのか――。

朋子たちのマンションからは、新築マンションが前に建ったため、公園の広場が、ほんの少ししか見られなくなった。でも春の盛りの桜の花は垣間見ることができた。窓を開けていると、時々、桜の花びらが舞い込んできた。

「お母さん、こんなにお天気がよい日に、家の中に閉じ込もっていることはないわよ。公園に行ってみましょう」

「そうね。お友だちもきっと、お花見に来ているわね」

公園の広場は賑わっていた。広場は若草が萌え出し、あちらこちらに野の花も咲き始めていた。冬、針のように見えた木々が若葉で覆われ、その向こうに見える教会の屋根も和んでいる。

親子は、いつもの喫茶店に寄った。店の中は相も変わらずで、お客の姿は見られなかった。黙ってカウンターに着くと、すぐにサイフォンでコーヒーを出してくれた。

「マスター、朋子が結婚することになったの」

気安くしているマスターなのですぐに話し掛けた。

「それは、おめでとうございます。結婚式はいつですか？　時に先日、ゴローさんのことを気にしていましたが、どうなりましたか？」

ああ、ここにもいろいろと気をつかってくれる人がいる。朋子は嬉しくなった。

「ご心配をお掛けました。ゴローさんの名は折原敬吾さんと言います。これから私の叔父になる方です」

それを聞いたマスターは、マリーから聞いた、椋鳥親子のその後について話してくれた。

安田洋子は、子どもたちを引き取った翌日、改めて、ゴローのところへ挨拶に訪れた。そしてその時、新しい住所を告げていた。ゴローも弘前に帰ってから、洋子のところへ手紙を出している。

以前から知り合いだった洋子は、マリーにその経緯を話していた。子どもたちをゴローのところへ預けたのも、マリーの助言があったからだった。

マスターに別れを告げ、喫茶店を出たところで、博子と朋子は、学校帰りの千恵子に出会った。

「千恵ちゃん、お帰りなさい」

「あっ、おばちゃんとお姉ちゃん、ただいま」

「お友だちと一緒なのね」

「うん、恵子ちゃん。とても仲よしのお友だちなの。恵子ちゃんはゴローさんっていう人の公園のおうちに、お泊まりしたことがあるんだって」

「恵子ちゃん、こんにちは」

「こんにちは、恵子です。弟の太が待っているから帰ります。千恵ちゃん、後で遊びに行くね」

「あっ、待って、私も行く。おばちゃん、お姉ちゃん、さようなら」

千恵子は、恵子と連れ立って帰っていった。

それから数日後、西川陽子が、千恵子と一緒に河合家を訪れた。

「朋子さん、婚約おめでとう。これでひいちゃんもひと安心ね」

チューリップの花束を抱えていた千恵子が、

「お姉ちゃん、おめでとうございます。花嫁さんになるのね。その時、なんの花をプレゼントしようかな」

志津子からも「婚約おめでとうございます」というメッセージと一緒に、赤いバラの花束が届けられた。

親戚からもお祝いのメッセージや贈り物が届けられた。

朋子の周りは、いつも花でいっぱいだ。

でも大切なのは、『その花は、その花のように――』である。

著者プロフィール

竹川 新樹（たけかわ あらき）

1940年、栃木県生まれ。

東京都での教職を定年退職。

現在は趣味を楽しんでいる（物語の読み聞かせ活動もしている）。

『銀閣寺の女《ひと》』(2003年・『愛する人へ 3』に収録)『百の幸せを追いかけて』(2009年・文芸社）を刊行。

その花は、その花のように

2013年6月15日 初版第1刷発行

著 者 竹川 新樹
発行者 瓜谷 綱延
発行所 株式会社文芸社
〒160-0022 東京都新宿区新宿1-10-1
電話 03-5369-3060（編集）
03-5369-2299（販売）

印刷所 株式会社平河工業社

ISBN978-4-286-13766-7